サンドリヨンの指輪

CHIHARU AYA
綾ちはる

CHOCOLAT BUNKO

ILLUSTRATION yoco

CONTENTS

本作の内容はすべてフィクションです。
実在の人物、事件、団体などにはいっさい関係がありません。

サンドリヨンの指輪

1

有史以来、人は愛を獲得することに必死だ。常に、どこかで誰かが愛だの恋だのと騒ぎ立て、恋愛ドラマやラブソングがまるで麻疹《はしか》のように流行《はや》っては、消費され摩耗《まもう》していく。

誰も彼も、飢えている。手に入れられる保証もないのに、それどころか、存在するかさえ分からないのに、必死になって探している。

「……アホらし」

溜息《ためいき》一つと共に、千尋《ちひろ》は手にしていた文庫本をローテーブルに放り出した。

後世に残り名作と謳《うた》われているのだから、素晴らしい物語のはずだ。けれど、千尋にはその良さが全く分からない。自分の恋心が報われないとも知らず、想い人の言動一つ一つに翻弄《ほんろう》される青年の姿は、哀《あわ》れを通りこしていっそ滑稽《こっけい》だ。

こんなもの、読まなければよかった。

――あと十分で閉館時間です。

天井から放送が流れて、周囲の学生達が静かに帰り支度を始める。大きな窓ガラスの向こうでは夕日がほとんど沈みきり、空は藍《あい》色に染まっていた。

家に帰らなければならない。考えるだけで憂鬱《ゆううつ》だった。それでも、帰らないわけにはいかない。他に行き場所もない。

重い腰を上げる。放り出した文庫本は、少し悩んでから手に取った。ずらりと並ぶ本棚を横切り一階まで下りる。

「あれ？　大倉《おおくら》？」

司書が貸出作業に追われているカウンターを通り過ぎたところで、横から声を掛けられた。ちょうど貸出手続きを終えた背の高い男子学生が歩み寄ってくる。深田《ふかだ》という、同じゼミを受講している同級生だった。

「あ、もしかしてゼミのレジュメ作りに来てた？　再来週、大倉の発表だよな？」

確かにそのつもりで来たのだが、レジュメ作りはさっぱり進まなかった。右手に抱える文庫本のせいで。

千尋の内心を悟ったわけではないだろうが、深田は目敏《めざと》く文庫本に視線を向けた。

「大倉って、そういうの読むんだな」

「……いや、読まない」

「そんなに付箋《ふせん》してるのに？」

確かに文庫本の天や小口からはいくつもの付箋がはみ出している。けれど、それは千尋が読み込んだからではない。そもそも、この本は千尋のものではない。先ほどまで千尋が座っていた閲覧席のソファに、最初からぽんと放り出されていた。恐らく忘れ物だろう。それだけなら特段気にすることもなく、カウンターに届けたはずだ。しかし、はみ出した付箋から覗《のぞ》く文字に見覚えがあり、思わずページを捲《めく》ってしまった。

「大倉ってさ、近代文学の授業取ってるだろ？」

「は？　なんで？」

「俺、国文に彼女がいてさ、授業覗きに行ったことがあるんだ。一番後ろの席でめちゃくちゃ真面目《まじめ》にノート取ってるやついるなと思ったら大倉だったから、びっくりした」

「……別に、暇潰しに行ってるだけだ」

「またまた～。かっこいいじゃん。文学青年てやつ？」

飾り気のない笑みから、千尋はそっと視線を逸《そ》らす。

確かに、文学部の講義をいくつか取っている。けれどそれは、文学に興味があるからではない。一限目から五限目まで可能な限り授業を履修しようとした結果だ。一年の頃は自身の所属する法学部の授業に教養と選択を入れればそれなりの授業数になったが、二年に上がるとかなりの余裕が出てしまった。その穴を他学部の授業で埋めている。しかし、深田にわざわざそんな説明をする必要もない。

「深田ー、帰ろーぜー」

カウンターに並んでいた数人の学生が、わらわらと近づいてくる。見たことのある顔ぶれだった。ゼミは違うが、皆、同学部の学生だろう。深田は彼らに「おう」と片手で応じながらも、千尋をじっと見つめている。

「大倉って、確かサークルとか入ってなかったよな？　バイトは？」

「……してないけど、それが？」

深田は笑みを深くした。

「もうすぐさ、文化祭があるだろ？」

文化祭。頭の中で繰り返して、ああ、と曖昧《あいまい》に頷《うなず》く。十一月の中旬頃に、そんな行事があったような気がする。

「もうすぐって、五ヶ月も先だろ」

「実はそうも言ってられないんだ。俺さ、実行委員なんだけどさ、メンバー足りてないんだよ。大倉、入ってくれないか？」

「無理」

「他学部の授業取るくらい暇なんだろ？」

「暇の潰し方くらい、自分で選ぶ」

冷淡に告げて歩き始める。後ろから、遠慮のない非難の声が聞こえた。

「うわ。なんだ、あれ。ムカつく態度だな」

「性格悪いよな〜。暗いし」

ムカつく。性格が悪い。耳にタコができるほど聞かされた言葉だ。いちいち気にしてはいられない。

出入り口の自動ドアが開く。

「深田、気にすんなよ」

慰めの言葉に深田がどう答えたのかは、閉まる自動ドアに阻まれて聞こえなかった。

大倉千尋は、自他共に認める嫌われ者だ。

原因が自分の性格にあることを、千尋自身よく自覚している。千尋は近づいてくる人間を無差別に拒絶する。相手がどんな人間であろうともだ。先ほどの素っ気ない応答は、特別機嫌が悪かったわけでも深田のことを嫌っているわけでもなく、いつものことだった。だから、気にならない。どんな陰口を言われようと、どれほど嫌われようと。全て今更だ。

夕日は完全に沈みきり、空には八割ほどに膨らんだ月がぽかりと浮かんでいた。

築何十年とも知れない安普請《やすぶしん》のアパートが、暗闇の中にぼんやりと建っている。住人は皆、どう生計を立てているのか分からない怪しい者ばかりだ。

一段上がる度にギシギシと鳴る錆《さ》びた階段を上っていく。二階の一番奥が、千尋の暮らす部屋だ。

ドアノブに手を掛ける前に、中から扉が開いた。顔を出したのは、野暮《やぼ》ったい不精髭《ぶしょうひげ》に縒《よ》れた作業着姿の中年男だ。

「ちょうどいいとこに帰ってきたな」

目の前に手が差し出される。

「金貸せよ」

「……またパチンコかよ」

冷めた千尋の声に、男は眉根《まゆね》を寄せた。

「うるせぇな」

目元が似ていると、成長期の頃によく言われた。その度に、嫌で嫌で仕方がなかった。

「それより、金出せって」

「持ってない」

「嘘《うそ》つけ。奨学金の入金日、昨日だっただろうが」

そういうことばかりしっかりと覚えているのだ、このどうしようもない父親は。

大倉家には、金がない。父親は一応働いているものの、不真面目な勤務態度が祟《たた》って一つの職場に長居できない。今は土建関係の仕事を日雇いでこなしており日給も悪くないようだが、賃金のほとんどは酒とパチンコに消えている。いくらか借金もあるようだ。以前は千尋も家計のためにバイトを掛け持ちしていたが、稼いだら稼いだぶんだけ父親に搾取《さくしゅ》されるばかりで、馬鹿《ばか》らしくなってしまってやめた。無駄に消費されるだけの小金を稼ぐより、勉強していた方がよっぽど自分のためになる。そう割り切って、今は月に八万円ほどの奨学金だけでなんとか暮らしている。

余裕のない生活の中でわざわざ大学に進学したのは、その後の就職を見越してのことだ。立派になりたい。最低な父親とは対極に位置する、誰もが認める立派な大人に。

「財布に入ってないなら、下ろしてこいよ」

「……アンタ、奨学金て言葉の意味、分かってんのかよ」

「お前こそ、誰に育てられたのか分かってんのか」

千尋は溜息を一つ吐き、ポケットの中から財布を取り出した。一万円札を一枚取り出すと、即座に奪い取られる。

「これっぽちしか入れてないのかよ。ケチケチしてんな」

「……一万は大金だろ」

呟《つぶや》きは黙殺された。

「ったく、お前が大学なんか行かずに就職してれば、少しはマシな暮らしができたのによ」

父親は舌打ちと共に言い捨てて、もうこちらのことなど目に入らないとでもいうように、さっさと玄関を出て行ってしまった。階段の軋《きし》む音がする。耳障《ざわ》りな音が聞こえなくなる前に、千尋は扉を閉めた。

部屋の中は、なにも見えないほどに暗い。玄関の電球は数ヶ月前に切れたままだ。慣れた足取りで茶の間に行き、手探りで照明の紐《ひも》を引っ張る。パチパチと白熱灯が灯《とも》り、やっと周囲が明るくなった。部屋の中央に置かれた卓袱台《ちゃぶだい》の上には、コンビニ弁当のゴミや発泡酒の空《あ》き缶が散らかっている。開け放たれた窓から吹き込んだ風が潰された空き缶を揺らした。

千尋は所々ささくれ立った畳の上に、倒れ込むようにして座る。

「誰に育てられたか分かってんのかって？」

放置されたゴミを眺めながら、力なく鼻で笑う。

「アンタがいつ、俺を育ててくれたよ」

あの男は、千尋が物心付いた頃から飲む打つ買うの三拍子が揃《そろ》った、腐った人間だった。育ててもらったなんて、嘘でも言えない。千尋は、この狭苦しい部屋で勝手に育ったのだ。いや、母親がいた頃はもう少しマシな男だったような気もする。しかし、もう遠すぎる記憶は、千尋の中にほとんど残っていない。

母親は、千尋が小学校に上がる前に出て行った。もう顔もおぼろげにしか覚えていないが、夜の匂《にお》いのする、化粧の濃い女だった。ある日、朝起きたらいなくなっていた。それからずっと、父親とは名ばかりのあの男と、この小汚いアパートで暮らしている。

なにもする気になれず、意味もなく視線をさ迷わせる。放り出した鞄《かばん》のサイドポケットに、付箋だらけの文庫本が覗いていた。結局、持ってきてしまった。手を伸ばし、パラパラとページを捲る。青年が想いを伝えようと駆けているシーンで指が止まった。この物語の中で最も滑稽な場面だ。

女に振り回され、無様《ぶざま》に足掻《あが》いていた青年。浅ましいと思うと同時に、羨《うらや》ましくもあった。自分はこの青年のように足掻く力もない。諦《あきら》めが生活の中に蔓延《まんえん》している。人を拒絶するような振舞いも嫌われ者として扱われることも、その証拠だった。

千尋とて好き好《この》んで嫌われているのではない。嫌われて、嬉しいわけがない。心の奥底に仕舞い込んである本音の部分を取り出せば、誰もがそう願うように千尋も願っている。本当は、好かれたい、愛されたい。けれど同時に、それが叶《かな》わぬ願望だと知っている。だから、千尋は期待しない。物語の主人公のように、必死にもならない。なりたくない。

「遅くなっちゃったね」

外から高い声が響いてきた。窓の下を、制服姿の女子生徒が二人歩いている。

「演目決めるだけに時間掛かりすぎだよね。結局、シンデレラとかベタすぎだし」

「とか言って、部長が王子様役で嬉しいくせに～」

「そ、そんなことないよ」

「恥ずかしがらなくても、この私がちゃんと魔法使いとして王子様のところまで届けてあげるって」

きゃあきゃあと笑い声が響く。

こんな日常の一幕でさえ、愛や恋に支配されている。

シンデレラ、王子様、魔法使い。幸せな夢物語だ。手元の文学よりもさらに千尋からは遠い。それとも、魔法使いなんて存在がいれば、千尋のような人間でも誰かと愛し合うことができるのだろうか。

「魔法使い？」

唇に自嘲《じちょう》が浮かぶ。

「俺も大概だな」

もしそんな馬鹿馬鹿しいものが存在したところで、きっと千尋のような人間の下には現れない。奇跡の魔法は、シンデレラのように健気《けなげ》で可愛《かわい》らしい、物語の主人公として相応《ふさわ》しい人間だけの特権だ。

もう、とっくに分かっている。自分のような人間は魔法使いにも王子様にも選ばれない。誰に愛されることもなく孤独に生きて死んでいくのだ。あのクソッたれな父親もきっとそうであるように。

千尋は文庫本を静かに閉じて、遠くなっていく少女達の背中を見送った。

2

二限目の講義を終えて外に出ると、空は快晴だった。昼時とあって、キャンパスは賑《にぎ》やかだ。

校内には大学が運営する食堂が三つと生協が二つ、加えて民間のファストフード店も参入しており、食事一つ取るにしても相応に選択肢がある。周囲の学生達は、どこに行こうか何を食べようか、と口々に相談しながら歩いていた。その中を千尋はさっさと一人で進んでいく。向かうのは三か所ある学食のうちの一つ、南食堂だ。

学食はなんといっても、安い。二百五十円で栄養バランスの整った立派な食事ができる。もちろん学生達に人気だ。しかし、法学部と文学部の間にある南食堂は建物が古いために食堂内の雰囲気が暗く、大抵の学生は同じメニューが同じ値段で食べられる上に、綺麗《きれい》で広い中央食堂へと流れてしまう。腹を膨らませることさえできれば満足な千尋は、建物の雰囲気など少しも気にならない。むしろ、人が鮨詰《すしづ》めになっている方が苦痛だ。昼食は常に南食堂と決まっていた。

南食堂は地下にあり、一階は本屋になっている。本屋の前を横切って地下へと向かう階段を数段降りたところで、後ろから「大倉」と呼ばれた。振り返った千尋は、微かに目を眇《すが》める。

本屋から見知った男性が出てくるところだった。買ったばかりであろう本を脇に抱えている。周囲から頭一つ抜ける長身に、多少強面《こわもて》ながら目鼻立ちのはっきりした端正な面立ち。国文学部の准教授、赤枝壮介《あかえそうすけ》だ。

若干二十八歳にして、大学の、それも文系の研究職についているという優秀さで、丁寧な授業運びには定評があった。若い上に男前、加えて授業も分かりやすいとくれば、当然学生に人気がある。不真面目な学生には厳しく、期末レポートの評価は常に辛めであることでも有名だが、教室は大抵満員だった。そして、千尋が履修している文学部の講義は全て、この赤枝が担当だ。

「なんですか」

身長差に加えて階段の段差もあり、かなり赤枝を見上げる形になる。

赤枝にはよく声を掛けられる。下手をすれば、ゼミの担当教授よりも言葉を交わしているかもしれない。他学部の学生が自分の授業に顔を出しているのが、気になるのだろう。

「こないだのレポート、いい出来だったな」

ストレートで淡々とした物言い。赤枝はいつもそうだ。しかし、声音に千尋のような冷淡さはない。それどころか、不思議と懐の広さを感じる。だからだろうか。強面で無愛想のように見えても敬遠されることはなく、よく学生達に囲まれている。

「先行研究もよく調べてあった。大変だっただろう」

「別に、普通です」

「あれで普通なら、うちの学部には普通以下の学生が山のように在籍していることになるが」

「……できる限りの成績を取っておかないと、後期の授業料免除が危ないので」

余計な言い訳をしてしまった。しかし、嘘ではない。成績優秀者としての授業料免除は学期ごとに審査があり、著《いちじる》しく成績が下がると打ち切られてしまう。千尋にとっては死活問題だ。

赤枝はじっと千尋を見つめ、視線を階段の方へと落とした。

「これから飯《メシ》か」

「そうです」

「一人でか？」

「なにか問題ですか」

長い脚がゆったりと階段を下り始める。赤枝は千尋の横を通り過ぎて踊り場まで行き、くるりと振り返った。

「ほら、行くぞ」

「は？」

「俺も、今から食おうと思ってたんだ。どうせなら付き合え」

「……なんでですか」

「一人じゃ寂しいだろうが」

同情されたのか。むっと眉間に皺《しわ》が寄る。

「別に、いつものことです」

「馬鹿。俺がだ」

平然とした顔で言われ、千尋は一瞬、呆気《あっけ》に取られてしまった。

「なんでも好きなもん奢《おご》ってやるから、付き合え」

そう言うと、階段を下りて行ってしまう。少し遅れて、千尋は赤枝の背中を追う。赤枝は食堂の入り口で引き戸を開けて、千尋が追い付くのを待っていた。

「なにが食いたいんだ」

「……Aセット」

「Cにしとけ」

AからCまでのランチセットは、アルファベット順に値段とボリュームが増す。

「好きなもの奢ってくれるって言いませんでしたか」

「小鉢とデザートが増えただけだろ。若いんだ。しっかり食えよ」

赤枝は千尋の反論など聞く気もないようで、勝手にCセットの食券を二枚購入した。トレーを二枚取って、食堂職員のいる厨房の方へと行ってしまう。千尋はまた、赤枝の背中を追いかける。

赤枝のペースだ。しかし、押し付けがましさは感じない。それどころか、心地よくさえある。強引な振る舞いの根本に、気遣いを感じるからだろう。

誰にでも優しい。嫌われ者ではみ出し者の自分にさえ。赤枝はそういう人間なのだ。

「あら。珍しいね赤枝先生が食堂に来るなんて」

厨房から顔を出した中年女性が破顔する。

「他の先生に聞いたことがあるよ。赤枝先生、いつも美味しそうなお弁当食べてるって。いいわね、料理上手な彼女で」

「俺は独り身ですよ」

「えっ、自分で作ってるの？　すごいわねぇ！　うちの息子に、爪の垢でも煎じて飲ませてやりたいわぁ。とんかつ一切れ、サービスするわね」

「俺はいいので、代わりにこっちの皿にしてください」

赤枝がこちらを振り返る。先ほどまで赤枝とにこやかに話していた女性は残念そうに「あら、そう?」と首を傾げて、千尋の皿にとんかつを一切れ余分に取り分けた。

いつもよりいくぶん豪華なトレーを持ち、座席へと向かう。

食堂内にぱらぱらと散らばる学生の数人が、赤枝に手を振っている。こっちに来てよと誘う女子学生の集団を軽くいなし、赤枝は観葉植物で陰になっている隅《すみ》の席に座った。ひと席空けて千尋も座る。

「赤枝先生、冷たーい!」

遠くからきゃいきゃいと茶化《ちゃか》す声が飛んでくる。

「あんまりうるせぇと単位やらないぞ」

赤枝の言葉に「横暴~」「いじわるぅ」とブーイングしながらも、学生達は嬉しそうだった。

「……人気ですね」

「遊ばれてるだけだ」

そうだとしても、人気であることに変わりはない。

自然体で、人に好かれる。媚《こ》びや諂《へつら》いという単語は、赤枝の辞書に載っていないに違いない。どんな状況でも泰然《たいぜん》としていられるのは、好かれていることが当たり前だからだ。

自分とは正反対の人種。

千尋は赤枝のことが、――ひどく苦手だった。

3

この世で最も好きな場所を訊《き》かれたら、大学の図書館を挙げる。なにせ休祝日関係なく開いており無料で長居できる上に、静かで落ち着ける。自由に使えるパソコンも置いてあるためレポートを作成するにも事欠かないし、どんなに読み漁《あさ》っても手に取ったことさえない本が山ほど眠っている。ただ一つ不満があるとすれば、閉館時間があることだ。

来週に控えているゼミの発表に使うレジュメ作りに目処《めど》をつけて図書館を後にした千尋は、できるだけ時間を掛けて夕飯の買い物をしてから帰途に着いた。一応、二人分の食材を買ったものの、あの男の胃袋に入る確率は五分《ごぶ》以下だ。冷蔵庫に突っ込んでおけばいつの間にかなくなっていることもあるので、無駄になることを懸念《けねん》しつつも買ってしまう。

玄関の扉を開けたところで、千尋は息を潜めた。土間には汚いサンダルと、見慣れないパール色のハイヒールが脱ぎ散らかされている。部屋の奥から甲高い女性の笑い声がした。

静かに扉を閉める。ドアノブに買い物袋を引っ掛け、上ってきたばかりの階段をゆっくりと下りた。

父親が女性を連れ込むのは、間々あることだった。何度か相手とかち合ったこともある。毎回、別の女性だ。しかし、顔は違えども、皆一様に夜の匂いを纏《まと》っている。好みなのか、その手の女性にしか相手にされないのか。どちらにせよ、母親もそのうちの一人だったに違いなかった。

女性がいる時に千尋が帰っても、特に怒られはしない。怒るほどの興味がないのだろう。同じくらい遠慮もなく、十中八九、悩ましい声を聞く羽目になる。父親の部屋は、千尋が宛がわれている四畳間の斜め向かいにあるが、薄い壁はないも同然なほどに全てが筒抜けだ。

辟易《へきえき》した千尋の方が、いつしか女性の来訪時は外出するようになった。とはいえ、避難所となるような場所はなく、夜の街を当てもなく彷徨《さまよ》うしかない。こんな時、なぜ図書館は二十四時間開いていてくれないのかと恨《うら》めしい気持ちになる。ただの八つ当たりだ。

週末なだけあって、繁華街には人が溢れていた。千尋と同じ年代の学生がカラオケ店の前で時間の相談をしたり、いい年をした大人達が陽気に二件目の店を探したりしている。

千尋は人を避けて歩きながら、レンタルショップに入った。興味のない洋楽を数曲試聴し、次に隣接している本屋に移動する。ベストセラーを立ち読みしているうちに、足が痛くなってきた。

携帯電話を確認してみる。九時を回ったところだった。帰るにはまだ早い。

店の外に出て、人通りの少ない奥まった道へと入る。缶コーヒーでも買ってどこかに座り込もうかと思っていると、ちょうど自動販売機があった。その横で青年が一人、煙草《タバコ》片手に電話をしている。

「えー、じゃあ、来ないってことかよ?」

　同年代のように見えるが、堂々と喫煙しているのだから年上なのだろう。耳にはいくつものピアスが光り、褐色《かっしょく》の髪が夜風に揺れている。女性っぽささえ感じる、繊細な面立《おもだ》ちだ。

「ずっと待ってたのに?」

　甘えるような声だった。酔っぱらっているのかもしれない。青年と、視線がぶつかる。千尋は思わず足を止めた。

「もういいよ。ずっと仕事してればいいだろ」

　青年はじっと千尋を見たまま不機嫌に言い捨てて、電話を切ってしまった。自動販売機の横に設置してあった灰皿に煙草を押し付け、携帯電話をジーンズのポケットにしまいながら近づいてくる。

「おにーいさん。暇?」

　覗き込まれると、酒と煙草の入り混じった匂いがした。父親を思い出して、千尋は密《ひそ》かに眉根を寄せる。

「いいえ」

「うっそだー。行く場所なんてないって顔してるけど?」

　みっともない現状を見透かされ、無意識に唇を噛《か》む。青年が「ふぅん」と意味深に頷いた。

「なんか可愛いなぁ」

シルバーリングで飾り立てられた手が、如何《いか》にも慣れた甘えるような仕草で千尋の手をするりと握った。

「暇なら飲もう。俺、ドタキャンされて暇なんだ」

「飲みません」

「えー、なんでだよ？」

「未成年なので」

「同じくらいかなって思って声掛けたんだけど、まさか高校生？」

「大学生ですけど」

「じゃあ、問題ないな」

「金を持ってません」

「学生さんに払わせたりしないって」

ということは、この青年は社会人なのか。身なりや立ち振る舞いからは、真面目に働いているようにはとても見えなかった。

「俺はねー、紡《つむぐ》って言うんだ。お兄さんは？」

「……千尋」

「千尋くんかー、名前も可愛いな」

ふふと笑って、紡はぐいぐい千尋を引っ張る。強く抵抗しなかったのは、紡の指摘通り行く当てなどないからだ。

自動販売機の前を通り過ぎ、建ち並ぶ雑居ビルの一つに入る。精々五人も入ればいいくらいの狭いエレベータで三階まで上った。

エレベータから降りると、左手に洒落《しゃれ》た木造りの扉があった。扉と同じテイストのモダンな看板に『三日月』と書かれている。

「……ここって」

「ゲイバー」と、紡はあっさり答えた。

「あ、そういうの気持ち悪い感じ？　流行らないなー。そういう先入観とか、偏見とか」

「いや、そうじゃありませんけど」

「じゃ、いいよな！　大丈夫、大丈夫。変なことしないって。今日約束してた人にフラれたからさ、誰かと一緒に飲みたいだけ」

紡は扉を開け、「ただいまー」と言いながら千尋を店の中に引っ張り込んだ。カウンターで客と談笑していた壮年のバーテンダーが振り返る。

「なんだ、紡。早かったな」

「速攻フラれたから。その代わりナンパしてきたけど」

店内は薄暗く、ゆったりしたピアノ曲が流れている。一階はカウンターのみで、トイレ横の階段が中二階へと繋《つな》がっている。席は八割ほどが埋まっていて、客は全員男性だ。お互いの腰を抱いて密着し、あからさまな雰囲気を醸《かも》し出している二人組もいる。

紡はL字型になったカウンターの一番奥まった場所に千尋を案内した。

「なんか食べる？　ここバーの割りにご飯系も充実してるけど」

「いりません」

硬い千尋の返事に紡は苦笑する。

「ビビらなくてもここならそんなに人目につかないし、変なのが来ても追い払ってやるよ」

「ビビってなんて」

「はいはい。佐々木《ささき》さん、ジントニック二つ」

しばらくすると佐々木と呼ばれたバーテンダーが近づいてきて、グラスを二つカウンターの上に置いた。細長いグラスの中では透明な液体がパチパチと泡を立てている。綺麗にカットされたライムが静かに揺れていた。

「また綺麗な子を連れて来たな、紡」

「だろだろ？　なんか寂しそうな顔してたからキュンとしてさ～」

「ったく。気の多い奴だ」

佐々木が紡の額《ひたい》を指で弾く。親しげな仕草だった。紡はへらりと嬉しそうに笑っている。

「そういえば、お前が電話しに行ってる間に、ソウスケが来だぞ」

「えっ、どこどこ」

佐々木はくいと顎《あご》をしゃくって中二階を示した。紡は益々嬉しそうな顔になって、スツールから腰を上げた。

「行こう。ここの常連の中じゃ、飛び抜けていい男を紹介してやるよ」

紡はまだ一度も口を付けていないグラスを両手に持って、すいすいと階段の方へと歩いて行ってしまう。戸惑う千尋に佐々木が苦笑しながら頷いた。追えということなのだろう。軽やかな足取りで階段を上っていく紡の後に、仕方なくついて行く。

下の階からはあまり分からなかったが、中二階は想像以上に広かった。一階より広いカウンターがあり、バーテンダーも二人いる。立ち飲み用の樽《たる》テーブルがいくつも設置されていて、特にどの席に留《とど》まることもなく自由に歩き回っている客も多い。

「悪い、ちょっと通る」

紡は人の間を通りながら、壁際のテーブルへと向かった。向かう先には、周囲より頭一つ分ほど上背のある男がいる。三人ほどがその男を囲んで、楽しそうに笑っていた。

「ソウスケー」

紡の声に、長身の男がこちらを振り返る。男の顔に、千尋の心臓が大きく跳ねた。思わず身体《からだ》が強張《こわば》る。すっと血の気が引いて、眩暈《めまい》を感じた。

千尋の変化など目に入らない様子の紡は、グラスをテーブルに置いて男に抱き付く。

「会いたかった～」

「……紡。お前、相当飲んでるだろ」

呆《あき》れ顔で紡を見下ろす男は、まだ千尋の存在に気が付いていない。紡に灰が掛からないよう、持っていた煙草を灰皿へと置いている。小さな気遣いに彼らしさを感じて、千尋は益々固まった。

「いいじゃん。ケチ臭《くさ》いこと言うなよなー。それよりさ、さっき可愛い子ナンパしたんだ」

紡が満面の笑みで振り返る。

「千尋くん、来いよ～」

男がゆっくりと顔を上げる。

一見、取っ付き難さを感じさせる切れ長の双眸《そうぼう》が、驚きに丸くなった。

「……大倉？」

ソウスケ。そうすけ。赤枝、壮介。

見つめあったまま、どちらも動くことができない。

「え、なに？　どうした？」

紡が戸惑い混じりに二人の顔を見比べる。周りも、妙な雰囲気に気が付いてこちらを窺《うかが》い始めた。

「…………俺、帰る」

千尋は手探りでポケットから財布を取りだし、千円札を一枚引き抜いた。紡に押し付けるも、戸惑う紡は受け取る気配を見せない。仕方なく千円札はテーブルに置き、さっと背を向ける。

「えっ、ちょっと。千尋くん？」

紡の声にちらりと振り返ることもせずに、千尋は店を飛び出した。

夜道を駆ける。右も左も分からないままに、ただ足を走らせた。人目を避けるように、暗い方へ暗い方へと向かっていく。

脳裏《のうり》には、赤枝の驚いた顔がこびり付いている。いつも大人の余裕を感じさせる赤枝。あんな驚きの表情を見るのは初めてだった。

紡が、常連だと言っていた。ゲイバーの常連ということは、赤枝もゲイなのだろうか。場に馴染《なじ》んでいた。

酒と煙草、夜の空気、色気を纏った男達。

もし、もし赤枝がゲイなのだとしたら――。

「うわぁっ」

突然、なにかに躓《つまず》いてバランスを崩した。三、四歩よろけながらも、なんとか踏ん張る。

そこは、高架下《こうかした》のトンネルだった。コンクリートの壁には下品な落書きが一面に広がっている。電車の通過音が耳を劈《つんざ》いた。

なにに躓いたのかと振り向くと、そこには老婆が座り込んでいた。足に引っ掛かってしまったらしく、靴の先を押さえている。

「あいたた」

慌てて老婆の横に屈《かが》み込む。

「すみません！　俺、ちゃんと見てなくて」

「大丈夫だよ」

妙な雰囲気の老婆だった。お世辞《せじ》にも綺麗な身なりとは言い難く、まるで浮浪者の様相だ。こんな時間にこんな場所で蹲《うずくま》っているのだから、本当に浮浪者なのかもしれない。しかし、表情はどこか凛《りん》としていて不思議と品さえ感じる。大きな目や通った鼻筋が、昔はかなりの美貌《びぼう》を誇ったであろうことを窺わせた。

「私こそ、驚かせて悪かったね。こんな場所に人が座ってるなんて、びっくりしたろう」

「い、いえ。あの、本当に大丈夫ですか？　怪我《けが》とか」

「大丈夫だって」

老婆は笑って靴から手を離した。言い切られてしまうと、千尋にはどうしようもない。

「そんなことより、冷えるね。もうすぐ七月になるってのに」

皺だらけの手が肩に掛けたストールを胸の前で掻き寄せる。

ここ数日、確かに六月にしては寒い日が続いている。特に今日は一日中曇りで気温も低かった。老婆はどこから調達したのか分からないような段ボールを一枚下敷きにして座っているが、地面の冷たさは緩和しきれないだろう。

千尋は自分が羽織《はお》っていたシャツを脱ぎ、ぐいと老婆に差し出した。

「これ。もう古いから、どんな風に使ってくれても大丈夫です」

老婆がぱちくりと瞳《ひとみ》を瞬《またた》かせてシャツと千尋を見比べる。千尋は無言で老婆の膝にシャツを掛けた。リネンのシャツ一枚でなにが変わるとも思えないが、少なくともないよりはマシなはずだ。

「……優しい子だね」

優しい。生まれて初めて言われた。真逆の言葉なら、山ほど聞いてきたが。

「別に。俺のせいで、痛い思いをさせたので」

「なにをそんなに慌てていたんだい？」

「え？　えっと、」

どう答えたものかと悩んでいるうちに、老婆が千尋を覗き込んできた。老婆の瞳はまるで、水底のように静かで暗かった。

「驚き、混乱、それから、……ああ、なるほど」

一人で納得した老婆は少し笑い、おもむろに自分の首元を漁って簡素なネックレスを引き出した。玩具《おもちゃ》のようなチェーンに、指輪が一つ通されている。なんの変哲もない銀色の指輪だ。内側になにか彫り込まれているようだが、模様なのか文字なのかさえ分からない。

老婆はネックレスを外し、チェーンから指輪を抜き取る。

「これをあげよう。このシャツと交換だ」

骨ばった手が千尋の腕を掴み、掌《てのひら》に指輪を載せられた。

「え？　い、いりません。そのシャツは安物だし、指輪なんてしない」

「いや。きっとこれは、アンタに必要なはずだ。だからアンタは私に出会ったんだよ」

戸惑う千尋の手を、老婆は両手でぎゅっと握り込む。冷たい手だった。拳《こぶし》の中の指輪も、同じくらい冷たい。

「私はね、悪魔なんだ」

「あ、あくま？」

突然湧き出た不可思議な単語が頭の中で漢字として固まるまで、少しの時間を要した。

「悪魔は他人に施しを受けてはならないし、与えてもならない。契約、あるいは取引が基本さ。アンタは私にシャツをくれた。だから私はアンタにこの指輪をやろう。簡単な取引だろう？」

「……はぁ？」

わけが分からない。呆《ぼ》けているのか、からかわれているのか。どちらにしろ、長居すると厄介なことになりそうだ。

「これはね、愛を獲得する魔法の指輪なんだよ」

深い皺の刻まれた顔は、気圧《けお》されそうなほどに真剣だった。今すぐ立ち去りたくて仕方がないが、枯れ木のようにか細い手を乱暴に振りほどくこともできない。

「えっと、おまじないかなにかですか」

「おまじない？　……そうだね。呪《まじな》いに近いかもしれないね。この指輪の主は、望んだ相手から望んだように愛されるんだ」

「……はぁ」

「左手の薬指に嵌《は》めるだけでいい。必ず、ぴったり嵌まるはずだ」

望んだ相手から望むように愛される。それが本当なら、誰もが欲しがるだろう。千尋だって、欲しい。生きることがどんなに楽になるか知れない。

「ただ、使い方は簡単だが、取り扱い方はひどく難しい。その指輪は、人が理性で抑え込んでいる欲望や願望も、愛と一緒に引き出してしまう。愛が暴走して破滅を辿《たど》るなんてことも充分にありえる」

愛が暴走するという言葉の意味が良くわからない。千尋が、人を愛したことがないからだろうか。

「それに、指輪を外せば代償を支払うことになる」

「代償？」

言葉がいちいち大仰《おおぎょう》だ。

「つまり、借金と同じことさ。借りたものを返す時には、利子がつくだろう。まぁ、借金と違うのは利子の大きさが誰にも計れないってことだね」

「はぁ」

「よく分からないって顔だね。簡単に言えば、好かれた相手には嫌われるって話さ」

「だったら、外さなければいいじゃないですか」

やけくそ気味に、老婆の話に乗ってみる。そうでもしなければ、この場から解放してもらえそうになかった。

「世の中、そんなに簡単にはいかないものなんだ。付ける時も外す時も、よく考えることだ」

「……よく分かりませんけど便利そうだし、自分で付けていたらどうですか」

「悪魔が誰かに愛されることほど愚《おろ》かしいことはないさ」

「はぁ、そんなものですか」

老婆の真剣さは嘘を吐《つ》いているようにも呆けているようにも見えない。けれど、だとしたら正気ではない。

「さぁ、もう行きなさい」

「……本当に、大丈夫なんですよね。足」

「大丈夫だよ。そう言ったろう」

しまいには、犬を追い払うような仕草で手を振られてしまう。千尋は仕方がなく立ち上がった。

トンネルを抜ける時に一度だけ振り返ったが、老婆の姿はなかった。まるで、最初からそこには誰も居なかったとでもいうように、老婆の座っていた場所にはなにもなかった。

「……なんだったんだ」

まるで狐にでもつままれたような気分だった。バーから逃げ出した時の混乱は、どこかに消え去っていた。残っているのは、不思議な指輪だけ。

――愛を獲得する魔法の指輪なんだよ。

老婆の言葉が脳裏を過る。

「はっ」

思わず、鼻で笑ってしまった。

いつか、魔法使いの出現を夢想したことを思い出す。魔法で、王子様と結ばれる夢物語。現実になると、こんなにも胡散臭いものなのか。

もちろん、老婆は性格に難があるか頭が少しおかしくなってしまっているただの人間で、この指輪だってただの指輪だ。魔法なんて、存在しない。

「左手の薬指にだって？」

そこにあるべき指輪とはそもそも、愛を獲得した末に得るものなのではないのか。まるであべこべだ。

家に帰ると、女はおらず父親も寝ていた。千尋は、私物を収めている棚の一番上の引き出しに、指輪を放り込んだ。数日前に図書館で拾った付箋だらけの文庫本が目に入る。少し躊躇ったが、そのまま引き出しを閉めた。

4

五限目の授業終わりは、七時近くになる。空はもう半分ほど夜に染まっていた。掲示板の前で、休講やレポート提出期限の確認をする。携帯電話に予定をメモしていると、少し離れた場所にいた女子学生達がにわかにざわつき始めた。

「ねぇ、あれ赤枝先生じゃない?」

聞こえてきた名前にドキリとする。赤枝とゲイバーで遭遇してしまったのは、つい三日前のことだ。休日を挟んだこともあって幸いにも今日まで赤枝の授業はなく、顔を合わせることもなかった。

「なんで法学部に」

「えー、でもラッキー。声掛けてみる?」

「手ぐらい振ってみようか?」

無邪気《むじゃき》に騒ぐ彼女達は、赤枝が出入りしている店を知ったらどんな顔をするのだろうか。肩を落としてガッカリするか、気持ち悪いと顔を歪《ゆが》めるか。案外、好意的に受け入れるというパターンも考えられる。

とにかく、今、顔を合わせるのは気まずい。あちらとて同じだろう。掲示板の前からそっと

離れようとした時、

「大倉！」

低いがよく通る声に、びくりと千尋の肩が跳ねる。ゆっくりと振り返ると、赤枝が真《ま》っ直《す》ぐこちらへ近づいてきた。

「やっと見つけた」

いつも授業で見るのと変わらない、余裕ある大人の顔をしている。気まずさや後ろめたさは一切感じられない。

「……やっと？」

「月曜から探していたんだ。今、時間あるか」

時間があるもなにも、授業はもう終わりだ。なにか理由をつけて帰ってしまいたいが、嘘を吐くのは気が引ける。

沈黙を肯定だと受け取ったのだろう。「少し付き合え」と告げて、赤枝は踵《きびす》を返す。

「ど、どこに行くんですか」

「研究室だ。時間は取らせない」

先ほどの女子学生達が好奇心に目を輝かせてこちらを見ている。仕方がなく、千尋は黙って先を行く長身を追いかけた。

研究室棟に行くことは滅多にない。せいぜいがレポート提出を直接しなければならない時ぐらいで、慣れない廊下を千尋は身を縮めながら歩いた。

三階の角部屋が、赤枝の研究室だった。赤枝は扉のプレートを「外出中」から「取り込み中」に変えて、千尋を部屋の中へと促す。

赤枝の研究室に入るのは、二度目だ。

部屋の壁は全面本棚になっていて、所狭しと本が並んでいる。一番奥の窓際に仕事机があり、手前には応接セットが置いてある。書籍の量は膨大だが、それ以外の物は最低限で小ざっぱりとしていた。

「とりあえず、座れ」

言われるままソファに座る。赤枝も真向かいに腰を下ろした。一息つく間もなく、赤枝はポケットから千円札を一枚取り出してテーブルの上に置いた。

「紡からだ。奢る約束だったからと言っていた」

相変わらず、赤枝は平然としている。『三日月』でのことを弁解しようとする様子はない。

「……すみません」

「なんの謝罪だ、それは」

千尋自身にもよく分からなかった。千円のために使い走りをさせてしまったことに対してか、あの日逃げてしまったことに対してか、そもそもあの店にいるところを見てしまったことに対してか。

　答えない千尋を気にした様子もなく、赤枝は胸ポケットからシガレットケースとライターを取り出す。しかし、すぐに戻してしまった。

「大丈夫です。親がヘビースモーカーなので、慣れてます」

　半分嘘だった。確かに父親は常に煙草を口に咥《くわ》えているような男だが、一緒にいる時間はほとんどない。ただ、部屋は常に煙草くさい。父親が入ることのない千尋の四畳半にさえ、臭いは染み付いている。

「癖で出しただけだ。元々、学生の前では吸わないようにしてる」

「……そうですか」

　赤枝は真っ直ぐ千尋を見据えた。

「お前、どうしてあの店にいた」

「……あの紡さんて人から、なにか？」

「ナンパしたとしか聞いてない」

　実際、それだけなのだから他に言い様もなかったのだろう。

　沈黙が落ちる。壁時計の秒針だけが空気も読まずに響いていた。しばらくして、赤枝が大きく溜息を吐いた。

「ああいう場所に、興味があるのか」

　成り行きで連れ込まれただけだ。それだけの言葉が出てこない。

赤枝は、ゲイなのだろうか。気になったが、疑問を口にすることもできなかった。

「気が向いたらまた来てほしいと、紡からの伝言だ。俺としては勧められないが」

「どうしてですか」

「……そういう場所だからだ。酒とセックスの絡む場所に未成年が堂々と出入りするのは賛成しかねる。お前、確かまだ二回生だろう」

「二回生は、二十歳《はたち》になりますよ」

「二十歳なのか」

「……あと数ヶ月で、二十歳です」

「ほらみろ」

千尋はぐっと押し黙る。まるで抵抗しているようだ。もう一度あの店に行く気など、毛頭《もうとう》なかったはずなのに。

反抗的な千尋に赤枝は表情を崩しはしなかったが、二人の間にはまた沈黙が落ちた。先にその沈黙を破ったのは、意外なことに赤枝の方だった。

「どうしてもと言うなら、行く時は俺に連絡しろ」

赤枝がテーブルの隅に置かれていたメモ帳とボールペンを引き寄せた。真っ白なメモ帳に、電話番号とメールアドレスが記される。授業でよく目にする、読みやすい字だった。

「ほら」

千尋は戸惑いながら一連の流れを頭の中で反芻《はんすう》し、赤枝が差し出したメモ用紙の意味をじわじわと理解する。

「……どうして、こんなことするんです」

「出入り禁止にして陰でコソコソされるよりは、目が届くようにしといた方がマシだからだ」

「疲れませんか。たかが学生一人にそこまでして」

赤枝の千尋に対する責任などないに等しく、放っておけばいい。その方が楽なのは明白で、当然の対応だ。きっと他の教師ならばそうしただろう。

「そうでもない。俺はあの店にはよく顔を出してる。そこにお前が加わったところで、大して変わらない」

そんなはずはない。自分一人あの場にいることで、赤枝の行動は随分と制限されるだろう。けれど、千尋はそれを指摘することはしなかった。

「もういいぞ。時間取らせて悪かったな」

赤枝の中で、話はついたことになったらしい。

「口止めしないんですか」

少し躊躇ってから、千尋は思い切って続けた。

「先生が、……ゲイだってこと」

わざと、断定的な物言いをした。自分は卑怯《ひきょう》だ。直接尋ねることができないからといって、こんな方法で確かめるなんて。

赤枝は、なんでもないことのように肩を竦《すく》める。

「殊更《ことさら》言って回ったりはしないが、どうしても隠したいとは思ってない。それに、大倉が吹《ふい》聴《ちょう》するとも思ってない」

「分からないじゃないですか、そんなこと」

自分のことなどなにも知らないくせに。

赤枝が微《かす》かに笑った。大人の男独特の、静かな笑みだった。

ああ、やっぱりこの人が苦手だ。そう思いながら千尋は立ち上がり、足早に研究室を後にした。

5

例のバー『三日月』に再び足を運ぶことになったのは、翌週の土曜日だった。千尋は迷いに迷った末、紡に会って礼が言いたいと赤枝にメールした。赤枝は宣言した通り、あっさりと同行を引き受けてくれた。

「そんなわけで、まだこいつは未成年だ。その辺、弁《わき》えて付き合えよ」

「はぁい、先生」

ふざけた調子で答える紡を無視し、赤枝はシェイカーを拭《ぬぐ》う佐々木に向き直る。

「佐々木さんも、なにかあったらお願いします。できるだけ俺が見ているつもりですが」

佐々木は柔和《にゅうわ》な笑顔で頷いた。一連の遣り取りに自分が小さな子供になったような気がして、千尋は肩を縮める。

「壮介さーん」

中二階から一階のこちらに向かって、四、五人ほどの男が手を振った。

「呼ばれてるよ、壮介」

紡がそう言っても、赤枝はスツールから立つ気配を見せない。

「ちょっとぐらい相手してやりなよ。独占してるって嫉妬《しっと》されたら、俺達だって迷惑だよ。なぁ、千尋くん?」

聞かれても分からない。中二階の男達はまだ赤枝を呼んでいる。赤枝はじっと千尋を見つめていたが、やがて大きな溜息を吐いた。

「……すぐ戻って来る」

赤枝が立ち上がると、中二階からの声が大きくなった。大学構内だけでなく、こんな場所でも赤枝は人気者だ。

階段を上がっていく背中を眺めながら、それにしても、と紡が肩を竦めた。

「壮介が大学の先生だったとはな～」

「知らなかったんですか」

名前で、それも呼び捨てで呼び合うくらいなのだから、相当に親しいのだと思っていた。

紡は眉を顰《ひそ》める。

「敬語はナシ。俺、苦手なんだ。なんか距離感じるからさ」

「……はぁ」

会って間もない相手と親しげに話せるようなスキルは、千尋にはない。そもそも、出会ってからの時間など関係なく、他人と親しげに話せるようなスキルがない。

「個人的な話、あんまりしてくれないんだよ、壮介はさ。でも、ちゃんと先生なんだな〜。千尋くんの横にいると、すごくそれっぽいっていうか、いつもの色っぽさがちょっと薄れて保護者って感じ。な、佐々木さん」

「そうだな」

佐々木が頷く。

「い、色っぽさ……？」

「やー、すごいよ。壮介が流し目するだけで大抵落ちるから。そんでまた本人無意識なとこがさー、モテるんだよなぁ。ずっとフリーなのも罪深いよな」

「……へぇ」

「何人の男が泣かされたんだか。……あ、言っておくけど、俺は違うからな。枯れ専だし。四十歳以下は対象外。壮介は、少なくともあと十年は考えらんないな〜。あ」

紡がぱっと佐々木に笑顔を向ける。

「佐々木さんならいつでも大歓迎だから！」

佐々木は苦笑交じりに肩を竦め、入店したばかりの客の方へと向かってしまった。「つれないなぁ」と紡が口を尖《とが》らせる。成人男性のものとも思えないあざとい仕草だったが、紡のキャラクターゆえかそれともユニセックスな面立ちゆえか、不快さは感じない。

「千尋くんは？　どんな人がタイプ？」

「え？　……いや別に、タイプとかないけど……」

「えー、なんだよそれ。初恋は？」

あまり望ましい話題ではない。困った視線が、ふらふらと中二階へ向かう。男達に囲まれる赤枝がちらりと目に入った。

「えっ……もしかして、千尋くんも？」

疑うような声音に慌てて視線を戻す。

「違う。赤枝先生は、どっちかっていうと苦手な方で……」

うっかり口を滑らせてしまい、しまったと内心で舌を打つ。へぇ、と紡は興味深そうに身を乗り出してきた。

「なんで苦手なんだよ？」

「なんでって、……別に」

口籠《くちご》もって上手《うま》く答えられないでいるうちに、「なんの話だ？」と後ろから声を掛けられた。中二階にいたはずの赤枝が戻って来ていた。

「壮介の悪口。っていうか、早くない？」

「適当に丸め込んできた。紡、こいつに変に絡むな」

「そんな変な絡み方してないって」

「じゃあなんで、助けてくれって顔でこっちを見てたんだ」

気が付かれていたのか。

「えー、だから早々に戻って来たんだ？　赤枝センセイ、優しいなぁ～」

紡がニヤニヤと笑う。赤枝は軽く紡の頭を叩《はた》いて、けれどそれ以上責めはしなかった。遣り取りに、親しさが窺える。

その後は三人で並んで、時おり佐々木を交えつつ談笑した。紡は学生のような見た目に反して、二十代も中盤だった。被服関係のデザイナーをしているらしい。一介のバーテンダーの顔をしている佐々木は、『三日月』のオーナーだった。この辺りでは顔が利くのだと、なぜか当人ではない紡が得意げな顔で教えてくれた。

千尋は訊かれることに答えるだけでほとんど聞き役に回っていたものの退屈さを感じることはなく、また赤枝達も自ら会話に入ってこようとしない千尋に対して不快感を覚えている様子もなかった。常連なだけあって、紡も赤枝も他の客に声を掛けられることが間々あったが、二人とも席を離れることはしなかった。

やがて十一時を回り、千尋が帰ると切り出すと赤枝も席を立った。

「送る」

「え？　いや、大丈夫です」

「時間も時間だ。この辺りは、性質《たち》の悪い連中もいる」

「俺みたいな？」

紡がふざけている横で、赤枝が支払いを済ませる。千尋は慌ててポケットから財布を取り出した。

「あ、俺も会計を」

「お前の分は、俺の方に入ってる」

「は？　いや、でも」

戸惑っているうちに、赤枝はさっさと店を出て行ってしまう。

「甘えとけばいいんだよ」

紡のウィンクに見送られて、千尋も赤枝の後を追う。赤枝はエレベータの前で千尋を待っていた。

「あの、俺、自分のぶん払います。いくらですか」

狭い箱に乗り込みながら財布を開く。赤枝は一階のボタンを押しながら肩を竦めた。

「お前、ウーロン茶しか飲んでないだろうが。大した金額じゃない」

「そういうことじゃないです」

「学生なら、その金で本でも買っとけ。その方が俺の気も楽だ」

エレベータが止まり、安っぽい音が鳴る。赤枝が千尋に構わず歩いていってしまうので、千尋は財布をしまって足早に赤枝の後に続いた。

ポツポツと人影のある路地裏を抜けて大通りに出る。

二人とも、無言だった。気まずく感じていないのだろうかと、そっと隣を盗み見る。赤枝は特別気まずそうではなかったが、もちろん楽しそうでもない。夜風が黒々とした髪を緩やかに揺らしている。パーツの一つ一つが整った顔だ。男にも女にも人気なのがよく分かる。

千尋は、そっと口を開く。

「恋人、作らない主義なんですか」

黒い瞳がちらりと千尋に向いた。慌てて補足する。

「紡さんがそんなことを言ってたので。モテるのにって」

「あいつはまた余計なことを」

舌打ちしながらも、特に怒った様子はない。

「……なんでですか」

「別に、深い理由はない」

嘘だ、と反射的に感じた。ただの勘だ。

「特定の相手を作らないなんて、ゲイには珍しくもない」

当たり前のように言われてしまえば、誤魔化《ごまか》されていると感じてもそれ以上食い下がることはできなかった。また黙り込んでしまう。会話の続かない、面白味のないやつだと呆れられているかもしれない。少し躊躇ってから、再び口を開いた。

「俺、またあそこに行きたいです」

それは本心だった。

「紡はやめておいた方がいいぞ。あいつは、」

「枯れ専だって聞きました。そうじゃなくて、……なんとなく、居心地が良くて」

赤枝は意外だとでも言わんばかりに、微かに目を瞠《みは》った。しかし、すぐに小さく笑う。

「よかったな」

細められた目の端に寄った皺に、どきりとした。

「なんですか、それ。この間は、勧めないって言ってましたけど」

「気楽になれる場所があるのは、いいことだ。大倉は、いつも硬い顔をしてるからな」

「大抵、一人でいるので。一人でヘラヘラしていたら変でしょう」

正確には大抵ではなく、いつもだが。

「一人が好きか？」

「……別に。先生はどうなんですか」

「俺は人といる方が好きだ」

「えっ」

あからさまに驚いて赤枝を見上げてしまう。

「なんだ、意外か」

考えてみれば、他人への興味や好意がなければこんなにも面倒見がいいはずがない。大学で学生に囲まれている時もバーで男達に声を掛けられている時も、赤枝に苦痛を感じている様子はなかった。

「寂しがりやなんだ、俺は」

「……笑うところですか」

「納得するところだろう」

やがて、駅が見えてきた。

「ここで大丈夫です」

千尋が立ち止まると、赤枝も立ち止まった。

「家までは、遠いのか」

「いえ。すぐそこです」

実際はあと一駅ほど歩いた先だが、正直に言えばついて来かねない。あのボロアパートを見られるのは嫌だった。

「店に行く時は連絡しろ。少なくとも、二十歳になるまではな。いいか」

千尋が「分かりました」と静かに応じると、赤枝は満足したように頷いて軽く手を振った。

6

翌週も、千尋は『三日月』を訪れた。

日常とは距離のある特殊な空間だからだろうか、他人に対して刺々《とげとげ》しい千尋も店ではなぜかいつもより態度を和らげることができる。それに千尋が多少つれない態度を取ったところで、赤枝はもちろん、紡も佐々木もさらりと受け流してくれる。赤枝に言った通り、『三日月』は千尋にとって居心地のよい場所だった。別れ際に紡が「また来週」と手を振ってくれたおかげで、さらにその翌週も店を訪れることになり、そんなことが何度か続いた。

「お前、煙草臭ぇな。飲み屋にでも行ってたのか」

風呂《ふろ》上りの父親が眉を寄せてそう言ったのは、七月に入って二回目の週末だった。『三日月』から帰ってきたばかりで、時計の針が一番上で重なろうとしていた。

「いつものアンタほど臭わないだろ」

無愛想な声で応じながら、千尋はそっと自分の服の臭いを嗅《か》いでみた。確かに、少し煙草臭い。

赤枝が喫煙している姿を見たのは、最初に『三日月』で遭遇した日が最後だ。千尋が隣にいるからか、赤枝は常にポケットにシガレットケースを忍ばせていながらも手を伸ばすことはない。しかし周りの客にそんなことは関係なく、店内には大抵、紫煙が揺蕩《たゆた》っている。臭いが付くのは必然だった。

「ったく、いい身分だな。飲むような金があるなら家に入れろよ」

自分のことは棚に上げてよく言ったものだ。それに、千尋は『三日月』で一度もアルコールを口にしていないし、金を払ったこともない。赤枝が、そうさせない。何度払わせてくれと頼んでも、赤枝は頑《がん》として譲らなかった。この男よりもよほど、赤枝の方が保護者めいている。赤枝に保護者らしさなど、千尋は僅《わず》かたりとも求めていないが。

「あ、近いうちに下の大家のとこ行って、先月の家賃払って来いよ」

人に臭いと嫌な顔をしておいて、父親は煙草に火をつけた。

「はぁ？　行ったんだろ？」

大家に呼び出されているからついでに家賃も払ってくると言って千尋に四万円せびったのは、つい先週のことだ。

「あんなもん適当にバックれたわ」

最悪だ。父親もだが、信じた自分も馬鹿《ばか》だった。

銀行口座に、家賃分ぐらいは残っている。しかし、それを使ってしまったら生活費がギリギりだ。今までも同じようなことはあった。そのたびに日雇いのバイトでなんとかしてきたが、今回はそうはいかない。来週から期末テストだからだ。レポートで考査される授業に関しては、すでに課題も発表されている。バイトで貴重な時間を潰したくはなかった。

二週間ほど耐えて、夏休み中に纏まった金額を貯めておくしかないだろう。父親にばれない様に新たな銀行口座を作らなくてはならない。今までも試したことはあったが、その度に嗅ぎつけられて貯金は見る間に消えてしまった。大抵は、郵便物でばれる。夏休み中ならば、父親より先にポストをチェックすることもそれほど難しくないだろう。

翌日の夕方、千尋は家賃を払いに行った。延滞に対する嫌味と小言を延々と聞かされ、家に帰ったのは日暮れ後だった。その日は夕飯を食べることもなく、風呂に入って寝た。

月曜の朝も、水だけで腹を膨らませて大学に向かった。安易な方法だが、食費を削るとそれなりの金額が節約できる。数回食事を抜くくらい、大したことはない。以前にも何度かあったことだ。さすがに今夜か明日の朝にはなにか口に入れないと持たないだろうが、あと一食ぐらいは耐えられる。そう思い、昼も食べなかった。

予想に反してつらくなったのは、三限目の途中からだった。

頭は回らず、胃は痛む。加えて、身体までだるくなってきた。教授の声が、ほとんど頭に入ってこない。こんな日に限って窓から差し込む日差しが強く、じわじわと千尋の体力を削る。

三限目が終了するや否や、千尋は覚束《おぼつか》ない足取りで南食堂へと向かった。四限目が始まってしまうが、こんな体調では授業に集中できない。うどんなら一杯百円だ。小腹を満たして体調の回復を待つのが、一番効率がいい。

　腹を押さえながら、ふらふらと歩く。たかが数分で辿り着くはずの場所が、ひどく遠く感じた。頭の上から降り注いでくる暴力的な日差しが憎い。嫌な汗が頬《ほお》を伝う。

　この飽食の時代に、空腹で行き倒れそうになるなど冗談のような話だ。まるで笑えないが。これも全て、あの父親《おとこ》のせいだ。心の中で毒づきながら歩いていると、ふいに強い力で腕を引かれた。

「うわっ」

　ふらりと身体がバランスを失う。しかし後ろに倒れ掛かった背中は、大きな手に支えられた。

「なにフラフラしてる」

　耳に心地よい低音。振り返らずとも、誰だか分かる。今、一番会いたくない相手だ。

「……なんでも、ないです」

「なんでもない奴がそんな死にそうな面《ツラ》してるか。何度も呼んだのに、気が付きもしなかっただろう」

「大丈夫です」

　のろのろと振り返る。赤枝の端正な眉が盛大に顰められていた。

「熱でもあるのか」

「ありません」

距離が近い。千尋は僅かに身体を後ろに引いた。再びふらついて、赤枝の腕に支え直される。

「腹が痛いのか」

「違います。本当に、大丈夫です。構わないでください」

拒絶の色が強い刺々しい声音だったが、赤枝は腕を放さなかった。

「そんなわけにいくか」

引く様子をまるで見せない赤枝に対して、千尋には拒絶し続けるだけの体力もない。正直に告白するしかなかった。

「…………腹が減ってるだけなんです」

「腹？」

「レポート作るのに夢中で、昼を食べそびれて。朝も忙しかったから食べてなくて、それだけです。今から学食に行くので、本当に大丈夫です」

情けなさを一笑される覚悟で話したが、赤枝はくすりともしなかった。

「本当にそれだけか」

「そうです」

「……来い」

赤枝が千尋の肩を支えたまま歩き始める。向かう方角は、南食堂とは正反対だった。千尋の体調を慮《おもんぱか》ってか、歩調は緩やかだ。

「寄りかかっていい」

「大丈夫です」

「言い方を間違えたな。寄りかかれ」

強引に引き寄せられてしまう。抵抗する体力も気力もなかった。

「あの、どこに」

千尋の戸惑いを「黙って体力温存してろ」と切って捨てた赤枝が向かったのは、赤枝の研究室だった。

千尋をソファに座らせるやいなや、赤枝はテーブルの上に片手ほどの大きさの包みを置いた。

「……なんですか、これ」

「弁当だ。今日は予定外の仕事が入って、外で済ませてきた。素人《しろうと》の手作りでも食えるか？」

「だ、大丈夫ですけど」

多分。手作り弁当など生まれてこの方、口にしたことがない。

「なら食え」

赤枝は部屋に備え付けられている小型の冷蔵庫からペットボトルを取り出し、マグカップと紙コップにそれぞれ麦茶を注ぐ。紙コップの方を弁当の横に置き、自分はマグカップ片手に千尋の前に座った。千尋は躊躇いながらも包みを開く。シックな木製の弁当箱と箸《はし》ケースが出てきた。ちらりと赤枝を覗くが、赤枝も千尋を眺めていたのですぐに視線を戻す。

弁当箱の中身は、まるで弁当のお手本だった。玉子焼き、焼き鮭《じゃけ》、キンピラ牛蒡《ごぼう》、温野菜のサラダ、白いご飯には紫蘇《しそ》のふりかけがかかっている。まず、玉子焼きから口にしてみた。冷たいのにふんわりと優しい味がする。

「……うまい、です」

「そりゃよかった」

赤枝の口端が微かに上がる。

「毎日同じようなメニューで、舌が麻痺《まひ》してるからな。自分じゃ美味《うま》いか不味《まず》いかよく分からない」

動向を観察するようにこちらに注がれていた視線が逸れたので、千尋は遠慮を捨てて箸を進めた。空《から》っぽだった胃が少しずつ満たされていく。空調が効いた過ごしやすい室温も手伝ってか、身体のだるさも徐々に薄れていく気がした。

「前にもこんなことがあったな」

赤枝の口調には、笑いが含まれていた。

「あの時から放っておけないやつだと思ってたが、まさかここまでとはな」

「……え?」

箸を握る手が止まる。赤枝と視線が正面からぶつかった。

「確か、去年の夏休みが明けた頃だっただろう」

頬を引っ叩かれたような衝撃に、眼が眩《くら》む。眩んだ視界の向こう側に、去年の夏がぶわりと蘇った。

容赦ない日差し、やかましい蝉《せみ》の声、纏わり付くような湿気を孕《はら》んだ不快な風。

あの日も、千尋は青い顔をしてキャンパスにいた。

体調は、朝から悪かった。夏風邪《なつかぜ》かもしれないと感じながら、けれど認めたら負けだと意地を張っていた。図書館へ向かうまでの道中でへばり、木陰のベンチで項垂《うなだ》れた。涼しい室内に移動した方がいいことは分かっていたが、立ち上がる気にもなれなかった。俯《うつむ》いてひたすら倦怠感《けんたいかん》に耐えていると、ふいに影が差した。

『どうした』

のろのろと顔を上げた先で、知らない男がじっとこちらを見下ろしていた。眼差《まなざ》しが鋭く、怒っているように見えた。

『……いえ、なんでもありません』

『なんでもないのにこんな場所でヘタってるはずがないだろうが』

男は千尋の前に屈み込み、間近で覗き込んできた。慣れない近距離のせいで、さらに気分が悪くなりそうだった。

『顔色が悪いな』

『放っておいてください』

『そうはいくか』

『……ただの風邪です。少し休んだら、マシになります』

『風邪に対して「ただの」って枕詞《まくらことば》は間違っている上に、風邪ならこんな場所で休んでいても治らない』

うるさい。面倒な男に絡まれてしまった。

『来い』

男は隣に放り出してあった鞄を取り上げ、強引に千尋をベンチから立ち上がらせた。

『ここよりは、マシな場所に連れて行ってやる』

微かに抵抗したが、黙殺された。

半分担がれるようにして連れて行かれたのは、研究室棟だった。男は勝手知ったる様子で三階の角部屋に入った。なぜ研究棟に個室を持っているのだろうとぼんやり考え、しばらくしてから男が教職員だからだろうという、当然の答えに辿り着いた。

ソファに座らされた千尋は、すぐに風邪薬の入った瓶《びん》とペットボトルの水を押し付けられた。

『これを飲んでそこで少し寝ていろ。少しでも悪化するようなら、医務室に叩き込むからな』

有無《うむ》を言わせぬ口調だった。千尋は浅く頷いて、薬を飲んだ。そこから、記憶は数時間後に飛ぶ。

ぼんやりする意識の向こうから、カタカタとタイピングの音が聞こえた。心地よい音だった。頬の下に感じたソファの感触にハッとして、起き上がる。窓の外はすでに真っ暗だった。

タイピング音が止まる。

『起きたか』

デスクの向こう側から、ノートパソコン越しに男が声を掛けてきた。

『……はい』

『どうだ、具合は』

『だいぶ、いいです』

嘘ではなかった。

『お世話になりました。帰ります』

皺の寄ったシャツを軽く払い、テーブルの上に置かれていた鞄を手にする。

『これ、持って帰れ』

近寄ってきた男が差し出したのは、スポーツ飲料だった。

『食えないようならそれだけは飲め。脱水症状に気を付けろ』

『はい、えっと、お金』

『貰いもんだ。気にするな』

受け取ったペットボトルは、温《ぬる》かった。

『でも、あの』

『本当に、甘え下手なやつだな』

男が呆れたように笑った。その時、千尋の心臓が驚くほど大きく跳ねた。

『こういう時は、甘えておけばいいんだ』

甘え方なんて知らない。甘えさせてくれる人など、千尋の周りにはいなかった。

心臓が痛いほど跳ね続ける。動揺を男に悟られたくなくて、千尋はそっけない礼を一言だけ告げると、足早に男の研究室を出た。急いで閉めた扉の横には、「文学部国文学科准教授　赤枝壮介」というネームプレートが掲《かか》げられていた。

赤枝壮介。口の中で何度か繰り返してから、千尋はその場を後にした。

それが、赤枝との出会いだ。

「忘れたか？」

赤枝の声に、過去に飛んでいた意識が引き戻される。

「……忘れてません」

忘れるものか。

「先生こそ、よく覚えてましたね」

「あんなに印象深い出来事は、なかなかないからな」

「印象深い、ですか」

面倒見のいい赤枝ならば、あの程度のことは珍しくなさそうだ。

「校内で行き倒れを見かけることなんて、そうないからな。それにお前、最初から最後まで嫌そうだったくせに、次の週から俺の講義に顔を見せただろう」

「……元々、文学には興味があったんです」

真っ赤な嘘だ。

あの日、帰ってすぐに、千尋はシラバスで赤枝の名前を探した。後期の受講希望を出すまでに、まだ余裕があった。赤枝の講義を中心に置いて、時間割を組みなおした。二回生に上がる時も、同じことをした。

赤枝壮介が苦手だ。嫌われ者の自分と正反対で、誰にでも慕われる。強引なくせに優しい。面倒見がよくて、動作の一つ一つが様になっていて、強面だが端正でもある顔立ちで。赤枝の名前を耳にするだけで千尋の心拍数が上がるし、視界に入ればソワソワと落ち着かない気持ちになる。そのくせ、目が合うと嬉しい。言葉を交わすと舞い上がる。明らかに忘れ物だと分かっている本を拾っても、付箋のメモ一字一字に心が揺れて手放せない。

初めて一緒に『三日月』に行った時、紡にお礼が言いたかったなんて嘘だった。同行してほしいとメールを送った夜、千尋は何度も何度もメールの文面を読み返した。不自然じゃないか、微かにでも下心が透けて見えないか、簡素すぎないか、あるいは言い訳じみてはいないか。

すぐに返信がきて、どれほど嬉しかっただろう。赤枝と繋がった携帯電話を片手に、その日はなかなか眠れなかった。

　赤枝壮介が苦手だ。好きだから、苦手だ。初めて会った、あの日から。

なにを忘れても、あの日のことだけは忘れるはずがない。あれは、千尋が生まれて初めて恋に落ちた日だった。

「……ごちそうさまでした」

　空っぽになった弁当箱を前に、千尋は軽く頭を下げる。

「調子はどうだ」

　一年前と同じように赤枝が尋ねる。

「だいぶ、いいです」

　一年前と同じ返事。

「飯はちゃんと食えよ」

「……はい」

　こんなことになった以上、もう無茶な断食をする気はない。財布事情はギリギリだが、倒れて病院にでも運ばれたら節約の意味もなくなってしまう。

「四限は、……もう始まってるな。五限は？」

「あります」

　赤枝が片眉を跳ね上げる。

「一体いくつ授業取ってるんだ？」

「取れるだけ。……暇なので」

「お前、暇って言ったって」

呆れた調子の声音に、千尋はそっと俯く。

健全な大学生ならばサークルなりバイトなり、あるいはガールフレンドなりで日々の隙間《すきま》を埋めているのだろう。千尋だって、自分の生活が通常とは距離があることを知っている。けれど、それを赤枝には指摘されたくなかった。

「暇なら、文化祭実行委員に入らないか」

「は？」

予想外の誘いに、思わず顔を上げる。

「足りてないらしいんだ、人が」

どこかで聞いた話だ。どこだったろうかと思考を巡《めぐ》らせて、図書館で赤枝の本を拾った日のことを思い出した。同じゼミの深田に誘われたのだ。あの時は、拾った文庫本のことを指摘されて、それどころではなかったが。

「一応、俺が責任者ってことになってる。名前を貸しているだけのようなもんだが」

「はぁ」

「どうだ、手伝ってくれないか」

どうだと聞かれれば、嫌だ。委員会なんて、嫌でも他人と関わらなければならない。すでに出来上がっているであろう人の輪に入って行くなんて高等なコミュニケーション力が、千尋にあるはずもない。それに、テスト期間が終わったら、夏休み中に詰め込める割りのいいバイトを探さなければならない。大学生達のお遊びに付き合っている時間などない。

赤枝が真っ直ぐこちらを見ている。いつも救いの手を差し伸べてくれる赤枝が。

千尋はいつの間にか、蚊《か》の鳴くような声で答えていた。

「………少しくらいなら」

7

実際に文化祭の実行委員会に顔を出すことになったのは、夏休みに入ってからだった。役の付いている代表者五名に「助っ人だ」と赤枝が紹介しただけで、千尋は委員入りした。

代表者の中には、千尋の知った顔があった。最初に千尋を誘った深田だ。深田は一度断られたことなどすっかり忘れた様子で、「よろしくな」と笑った。

元々顔見知りである深田が担当しているという理由で、千尋は大道具係りに配属された。

案内された作業用の教室には、女子学生しかいなかった。

「先生ー、この垂れ幕の文字、何色がいい？」

深田から大道具の進行具合を聞いていた赤枝が、女子学生の声に振り返る。

「そんなもん、若いお前らの方がセンスあるだろうが」

「いいから見てよ～」

赤枝は仕方がないという顔で女子学生の下へと歩み寄って行く。赤枝の周りを学生達がわらわらと囲んで、ああでもないこうでもないと言い出した。名前を貸しているだけのようなものだなんて言っていたくせに、随分と頼られている。深田の隣で一連の様子を眺めていた千尋は、ふん、と心の中で鼻を鳴らした。

赤枝が人気者であること。そんなことは、とっくに知っていた。今までだって、学生に囲まれる赤枝の姿は幾度となく目にしてきた。こんなことは、なんでもない。……はずだ。

「大倉」

深田の声にはっとする。

「ありがとうな、来てくれて」

「……別に」

赤枝に誘われたから来ているのであって、完全な善意からではないだけに、感謝されるのは気まずい。

「基本的に集まれる時に集まれるメンバーで作業してるんだ。無理してスケジュール空けようとかしなくていい。大倉は、いつ来れるとか来れないとかあるか？」

「バイトの日以外なら、別にいつでも」

「あれ？　前にバイトやってないって言ってたよな？」

「夏休み中だけやってる」

すでに何度か行っている。幸いなことに、日給手渡しのバイトだ。厳しかった懐も、少しだけ潤った。

「へぇ。なんのバイトしてんの」

「……交通量調査」

深田は小さく噴き出した。

「なんか、大倉らしいな」

「なにが」

「なるべく人と話さない系じゃん？　いつもそういうバイトしてんの？」

「……別にいいだろ、なんでも」

図星を指されて視線を逸らす。深田は気にした様子もなく、作業工程のチェック表が挟まれたファイルを閉じた。

「さて、俺達も行くか」

「どこに」

「校門。舞台用のパイプが届いてるから、男連中はそっちに行ってるんだ。お前も手伝ってくれよ」

この場に女子ばかりだった謎が解ける。赤枝は相変わらず囲まれたままで、こちらに気が付く様子はない。千尋は複雑な気持ちで、深田について行った。

舞台用のパイプと言われても千尋にはよく分かっていなかったが、中庭に設置される予定の野外ステージの骨組のことだった。予算を抑えるために、実家が足場屋をやっている学生の家から使用していないものをタダ同然で借りたらしい。組み上げは業者に頼むため、作業に入ってもらうまでは体育館裏の軒下《のきした》に積んでおくとのことだった。

十人ほどの男子学生達と一緒にパイプを運び続け、最後の一本から手を離した頃には、もう六時を回っていた。まだ空は明るいものの、ぱらぱらと帰宅する者の姿もある。

「残ってるメンバーで飯食いに行くけど、大倉も来る？」

深田の問いに、即座に首を横に振った。

「だと思った」

深田が想像通りだと苦笑する。それ以上、無理に誘われることはなった。

教室に戻ると、女子学生達が片付を終えたところだった。こちらはこちらで夕飯に行くらしい。女子に続いて深田達も早々に出て行ってしまい、教室には千尋と赤枝が残された。

「どうだった」

尋ねる赤枝は、なぜか少し楽しそうだった。

「……疲れました」

「だろうな。また倒れそうにならなかったか」

「最近は、ちゃんと食べてます。それより、あんまり近づかないでください」

「なんでだ」

「…………汗臭いんで」

長時間、炎天下の中で鉄パイプを運ぶという肉体労働をしたのだ。Tシャツは汗を吸っている。臭わないはずがない。

ふ、と赤枝が噴き出した。

「そんなこと、気にするか」

くしゃりと目の端に皺が寄っている。無防備な笑顔だった。千尋はぽかんと赤枝を眺めてしまう。

「大倉？」

「あっ、いや。あの、」

しどろもどろになり、視線が泳ぐ。みっともないほどに動揺した姿を晒《さら》してからやっと、千尋は話を変える糸口を見つけた。

「そうだ。今日、『三日月《みせ》』に行きませんか？　週末だし。あ、さすがに着替えたいんで、一回帰ってから……」

「悪いな」

赤枝が首を横に振る。

「今日は、無理だ」

予想外の返事だった。仕事の都合で時間が遅くなることは間々あった。しかし、断られたのは初めてだ。

「テストが終わったら飯に連れて行く約束をゼミの学生としてたんだが、それがちょうど今日なんだ」

「……そうですか」

「明日はどうだ」

「明日は、……予定があります」

予定なんてあるはずがない。ただ、赤枝に断られたショックから、思わずでまかせを言ってしまった。赤枝は千尋の嘘を僅かも疑う様子はなく、「そうか」と頷いた。

「それなら、また来週だな」

赤枝にしてみれば、なんでもない言葉だっただろう。けれど軽い口調の提案が、千尋の胸を貫いた。

週末は『三日月』に行く。だから千尋は、土日だけはなんの予定も入れない。バイトの人手が足りないからと頼まれても、頷かない。けれど、赤枝が同じように考えているはずもない。そんなことは重々承知していたつもりだったが、改めて眼前に突きつけられると、ショックだった。

一度家に帰りシャワーで汗を流すと、千尋は『三日月』に向かった。赤枝に反抗するつもりはなかった。ただ、一人でいたくなかった。『三日月』以外に、誰かと一緒にいられる場所はない。

店内はいつもと変わらない様子で、満員とは言わないまでもそれなりに賑わっていた。

「壮介は?」

ワイングラスを拭いていた佐々木が、スツールに座った千尋に問いかける。

「いません」

「いませんって、一人で来たってことか?　壮介に言わずに?」

「別に、赤枝先生は俺の保護者じゃないので」

「……なにかあったのか」

「別に。なにもないです」

佐々木は拭き終わったグラスを片付け、改めて千尋に向き合った。

「今日は紡もいない。変な男には引っかかるなよ。困ったことがあったらすぐに声をかけろ」

そう言って、ウーロン茶を出してくれる。

中二階からこちらを窺う気配を感じた。「壮介一緒じゃないんだね」「残念」などという囁《ささや》き声が聞こえる。

この店では、千尋の横には必ず赤枝が座る。それは大学の学生達は知りえないことだ。だから、千尋はいつの間にか勘違いしてしまったのかもしれない。自分が、赤枝にとってほんの少しでも特別な存在なのかもしれないと。秘密を共有しているという事実が、自惚《うぬぼ》れを許してしまった。

本当は、赤枝にとっての千尋など大勢いる学生の一人に過ぎない。一緒にいる時間が増えたのは成り行きで、あの時、紡に引き込まれたのが千尋でなくとも、赤枝は同じ対応をしたはずだ。実行委員に誘ってくれたことも、人付き合いの少ない千尋を赤枝が気遣ったのかもしれないと、自分に都合のいい解釈をしていた。実際はきっと、人手不足だけが理由だったのだ。あの場に千尋がいて、その千尋が暇だと言ったから声を掛けた、それ以上でも以下でもなかったのだ。

グラスの中の氷がカランと崩れる。同時にドアベルが鳴って、店に一人の客が入ってきた。

「いらっしゃいませ」

佐々木の声に釣られて顔を上げる。入り口近くのスツールに腰を下ろしたのは、綺麗な顔の男だった。紡と同じ中性的な顔立ちをしている。けれど、紡よりずっと大人の男だ。シャツの襟元《えりもと》から覗く首筋が、驚くほどに艶《なまめ》かしい。

「すみません。ここに、赤枝壮介がいるって聞いて来たんですが」

あまり凝視しては失礼だと逸らしかけた千尋の視線は、再び男の下へと引き戻される。

「今日は、来ていませんか」

男の声には、外見を裏切らない艶《つや》があった。

佐々木が「さぁ」と軽く肩を竦める。

「申し訳ありませんが、よほど常連のお客様でなければお名前は存じ上げません」

男はアーモンド形の目を細め、小さく笑った。

「躱《かわ》し方が上手ですね」

毒だ、と千尋は思った。この男は視線にも声音にも、毒を孕んでいる。他人を絡め取るような、甘い毒を。

ふいに、その甘い視線が千尋へと向いた。千尋は驚き俯こうとしたが、すでに手遅れだった。

男はスツールから立ち上がると、千尋に近づいてくる。

「その子は関係ないですよ」

「君、壮介の名前に反応したよね？」

男は佐々木を無視して千尋に話しかけてきた。隣に座って、間近でこちらを覗きこんでくる。

「壮介と知り合いなのかな？」

肩に手を掛けられる。誘うような手つきに、ぞくりとした。

「ねぇ？」

耳に吹き込まれた声音には、まるで快楽を煽《あお》るような響きがあった。警戒しろと、身体中の細胞がざわめく。その時、チリンチリン、と再び来客を告げるドアベルが響いた。

「大倉」

聞き覚えのある声に、ハッと千尋は店の入り口を振り返る。そこには、赤枝の姿があった。真っ直ぐこちらに近づいてくる。

「どうして来てる？」

少し苛立《いらだ》っているようだった。ただでさえ切れ長の目が、さらに鋭くなっている。

「おい、悪いがこいつは、」

赤枝は険しい顔のまま男に向き直った。しかし、男の顔を見た瞬間に、言葉を飲み込む。男は赤枝と対照的に、優雅な笑みを浮かべていた。

「壮介、久しぶり」

赤枝は数秒黙り込み、「ホズミ」と呟く。

「なんで、ここにいるんだ」

「なんでって、壮介に会いに来たんだ。大変だったよ。監視の目を掻い潜って、ずっと君を探してたんだ」

「……なんのために」

赤枝の固い声音に、周囲の空気が張り詰める。中二階にいる客が息を潜め、好奇心を貼り付けた顔でこちらを窺っていた。しかし、そうした雰囲気に男が動じる様子はない。

「そんなの決まってるじゃないか。もう一度やり直すためにだよ」

店内に流れるジャズが、図ったように盛り上がる。行く末を見守っていた客達がざわめいた。赤枝は益々険しい顔つきになり口を開きかけたが、薄い唇が言葉を吐き出す前に「おい」と横槍が入る。声の主は、佐々木だった。

「悪いが、外でやってくれないか。お前達も見世物《みせもの》になりたいわけじゃないだろう」

少しだけ、赤枝の瞳に冷静さが戻る。

「来い」

赤枝は男の手首を強引に掴んだ。

「なに?」

「いいから来い!」

赤枝に引っ張られて店の外へ連れ出される際、男がちらりとこちらを振り返り、固まったままの千尋に向かって妖艶《ようえん》に微笑《ほほえ》んだ。一方の赤枝は、千尋のことなどとっくに意識の外に追いやってしまっているようで、そのまま男を連れて出て行ってしまった。

二人の姿が消えた瞬間、客達のざわめきが大きくなる。

「なにあれ、どういうこと」「やり直したいって言ってたけど」「壮介の元彼?」「えー、恋人は作らない主義じゃなかった?」「あいつに聞いてみる?」「でも、呆然《ぼうぜん》としてんじゃん。なにも知らないんじゃないの」

後半は自分のことだと、すぐに分かった。彼らの言う通りだ。千尋は、なにも知らない。

「大丈夫か」

佐々木が気遣うように声を掛けてきた。

「はい。……あの、俺、帰ります」

「壮介を待っていた方がいいんじゃないか」

「いえ、帰ります」

一秒でも早く、逃げ去ってしまいたい。誰かに、「あれはなんだったのか」と聞かれて、自分が「分かりません」と答えなければならなくなる前に。

「金はいい」

立ち上がって財布を出した千尋に、佐々木が首を振る。

「でも今日は俺一人なので」

「俺の奢りだ」

それでも躊躇う千尋に、佐々木は手を振った。

「自分じゃ分かってないかもしれないけどな。酷い顔してるぞ。気にするなと言っても無理な話かもしれないが……」

千尋はぐっと唇を噛んだ。佐々木にはバレてしまったのだ。千尋の気持ちが。恐らく、今の一連の出来事で。いや、最初にここに来た時から、見通されていた可能性もある。そう考えただけで、逃げ出したい気持ちに拍車《はくしゃ》が掛かる。

千尋は挨拶《あいさつ》もそこそこに、店を後にした。

いつも赤枝と並んで歩いた帰り道。半ば駆け足のような速度で人の間を縫《ぬ》って進んで行く。

どうして、今日『三日月』へ行ってしまったのだろう。赤枝との約束を守っていれば、あんな訳の分からない男に会うこともなかったし、男のせいで取り乱す赤枝を見ることもなかった。

佐々木からおかしな気遣いを受けることもなかっただろう。

しばらく『三日月』には行けない。もしかしたら、もうずっと。佐々木の顔を真っ直ぐに見られる自信がない。

後悔で満ち溢れた頭が重い。前へ前へと進む足の動きがどんどんと鈍り、しまいにはまるで病人が徘徊《はいかい》している様な足つきになった。

やっと駅が見えてくる。

人々がまるで物体のように吸い込まれて行く改札の前を通り過ぎた時、後ろから「大倉！」と千尋を呼ぶ声がした。振り返りたくない。そう思うのに、足が勝手に止まってしまう。身体が勝手に声の方へと向いてしまう。

千尋の前まで走ってきた赤枝は、息を切らしていた。

「……今日は、来ないんじゃなかったんですか」

肩を上下させている赤枝に、自分でも驚くほど冷たい声で応じてしまった。

「お前が一人で来てるって、佐々木さんからメールがきたんだ」

いつの間に、と心中で舌を打つ。

「……ゼミの人達はどうしたんですか」

「金だけ置いてきた。今頃、二次会でもなんでもやってるだろ」

佐々木からのメール一つで、ゼミの学生を置いて自分の下に来てくれた。それを嬉しいと感じてしまう。喜びが期待に変わってしまう。愚かだ。つい今しがた、一瞬で千尋を意識外に外した姿を目前にしたばかりだというのに。

「……なぁ、大倉」

息を整え終わった赤枝は、じっと千尋を見下ろした。

「なんで、一人で来た」

千尋は答えない。

「あの手の店はごまんとある。俺のお節介が面倒なら、お前は勝手に他の店にでも行っただろう。俺にそこまで制限することはできない。だから、選択肢をお前に与えたつもりで連絡先を渡した。連絡してきたってことは俺を頼りにしてるんだと、そう思ったんだ。それは、俺の勘違いか」

連絡したのはただの下心からだった。そう告白したら、赤枝はどんな顔をするだろうか。玉《ぎょく》砕《さい》覚悟で告白する勇気もないくせになにを考えているのかと、唇が乾いた笑いを漏《も》らす。

「大倉？」

「勘違いじゃないです。俺、今日は帰ったら暇で暇でどうしても行きたくなって、それだけです。すみませんでした」

赤枝は黙っている。本音か否か、計りかねているようだった。千尋は構わずに続ける。

「そしたら、知らない人には声を掛けられるし、先生の知り合いみたいだし、驚きました。あれ誰だったんですか」

意外と自然な口調で尋ねることができて、自分でも驚いた。

「やり直したいとか言ってましたけど」

赤枝が渋面《じゅうめん》になる。

「……以前、付き合っていた相手だ」

分かりきった答えだったのに、息が詰まりそうになる。

赤枝は、ああいう男が好みなのか。洗練された魅力を持つ、大人の男。微かに触れただけで痺《しび》れてしまうような、蠱惑的《こわくてき》な男。

「……恋人は、作らない主義じゃなかったんですか」

「そうなる前の話だ」

赤枝が特定の相手を作らないようになったのには、あの男が関わっているのではないか。それはほとんど勘だったが、妙な確信が千尋の中にあった。

「なんで別れたんですか」

問われるままに答えていた赤枝の唇が、微かに歪む。

「それは、今しなければならない話か」

お前相手に。そう言われた気がした。

「あんな遣り取りを目の前で見せ付けられたら、誰だって気になると思いますけど」

「……人が別れる理由なんて、色々だろう。あまり面白い話じゃない」

他人の理由なんてどうでもいい。赤枝の理由が知りたい。面白さなんて僅かも求めていない。もう恋人などいらないと思うほどの傷をあの男が赤枝に残したというのなら、その傷を見たい。なんて贅沢《ぜいたく》な欲望だろう。赤枝と恋仲になることなど望んでいなかった。一緒に過ごせる時間があるだけで満足だった。そう思っていた。あの男と赤枝が言葉を交わしているのを見る瞬間まで。

いや、そんなのは思い込みだ。本当は、隙あらば近づきたい。隙あらば話したい。隙あらば、隙あらば、隙あらば。

頭の中はそんなことばかりだ。しかし、叶うはずもないことを理性が知っている。だから、千尋はこれ以上赤枝に食い下がることができない。『三日月』に一緒に行けないと言われても、聞きたいことに答えてもらえなくても、不満げな顔一つできない。

分かっていたのに。けれど、赤枝だって悪いのだ。優しさとは無縁だった千尋に、甘えろと言った。困っているところに、手を差し伸べてくれた。それだけに留まらず、優しくし続けてくれる。こうして、駆けつけてくれた。思わせぶりにも程がある。

酷いじゃないかと詰りたい気持ちを腹の底に押し殺して、千尋は軽く笑って見せた。笑顔など作り慣れていないせいで、引き攣《つ》ってしまった。

「今日は、すみませんでした。今度は、ちゃんと先生がいる時に行きます」

それがいつになるかは、分からないが。

「じゃあ、失礼します」

不自然な表情を指摘されることを恐れて、千尋は赤枝の返事も聞かずにその場を後にした。幸いなことに、家に父親はいなかった。今、金の無心などされたら、自棄《やけ》になってせっかく稼いだバイト代も全て放り出してしまいそうだ。

千尋は、棚の引き出しから一冊の文庫本を取り出した。ほんの数ヶ月前、図書館で偶然手に入れた赤枝の私物。返さなければいけないと自分を窘《たしな》める道徳感から目を逸らし、ずっと隠し持っていた。メモの一字一字に宿る赤枝の気配が嬉しくて、手放せなかった。小説の中で恋に足掻く主人公を馬鹿にしながら、自分だってどこかで期待していたのだ。どうせ報われないのにと自嘲しながら、諦められないでいた。

この文庫本は、執着の証《あかし》だ。手放した方がいい。捨てるのは、さすがに気が引ける。明日、研究室のポストにでも入れておこう。考えとは裏腹に、文庫本を手にする指に力が入る。

　ふいに、足元になにか小さなものが転がっていることに気が付く。それは、銀色に光る指輪だった。拾い上げると同時に、指輪を押し付けてきた老婆の言葉が蘇る。

　――これはね、愛を獲得する魔法の指輪さ。

　世迷言《よまいごと》だ。愛を獲得することがどれほど困難か、よく知っている。こんな指輪一つで得られるのであれば、こんなに苦しむこともない。

　ありふれた安物に違いない。そう思うのに、指輪から目を離すことができない。馬鹿らしい世迷言にさえ縋《すが》りたくなっている自分がいる。

　もしかしたら、万が一。いや、ありえない。でも、ひょっとして。ありえない。

　指輪をそっと左手の薬指に嵌める。驚いたことに、指輪は誂《あつら》えたようにぴたりと千尋の指に嵌まった。けれど、それだけだ。部屋が魔法めいた不思議な光で満たされるでもなければ、千尋自身になにか劇的な変化が起こるでもない。

　千尋は、ひっそりと笑った。

「ほら。なんでもない、ただの指輪だ」

　たまたまサイズが合っていただけだ。魔法なんて、存在しない。よしんば存在したところで、千尋はシンデレラのようには選ばれない。硝子《ガラス》の靴なんて存在しない。

　薬指に輝く指輪を、けれど千尋はそのままにした。自分の指に妙にしっくりきている気がしたのだ。どうせ、千尋が粗末な指輪一つしていたところで、誰に気にされるわけでもない。

自暴自棄《じぼうじき》になったまま、千尋は最低な一日を終えた。

最悪な気分で眠りに付いたにも拘《かか》わらず、目覚めはすっきりとしていた。身支度を整え、大学へ向かう準備をする。昨日の帰り際、「明日はポスター作りを手伝ってくれ」と深田に頼まれていた。気は進まないが、一人で過ごすよりは余計なことを考えないで済みそうだ。出しっぱなしになっていた例の文庫本を、僅かに躊躇ってから鞄の中に入れる。

居間には、父親が居た。驚いたことに、仕事に行く時に着ている作業着姿でもなければ、家でダラダラしている時に着ているスウェット姿でもない。チノパンにYシャツという、妙にきっちりした格好だった。

「おはよう」

「…………え？」

一瞬、誰に声を掛けられたのか分からなかった。この場には、自分と父親しかいないというのに。

「千尋。ちょっと、座れ」

「……なに」

「いいから、とにかく座ってくれ」

強い口調だが、いつものような粗暴さはなかった。奇妙に感じながらも、父親の斜め前に腰を下ろす。途端、父親は卓袱台に手を付いて、深く頭を下げた。

「悪かった……！」

「…………は？」

「今まで、ずっと。俺は、父親失格だ」

「待ってくれ。一体、なんの話だよ」

頭が付いていかない。父親の後頭部を見つめながら、もしかして、と千尋は眉を顰めた。

「……なんか、しでかしたのか」

今までとは比べ物にならない額の借金でもしたか。もしくは、母親のように自分を置いてここを出て行こうとしているのかもしれない。想像できるのはその程度だったが、どちらにせよ今さらだった。

「そうじゃない。いや、そうなのかもしれないが、そうじゃない」

「じゃあなんなんだよ」

普段、存在を認識しているかも怪しいぐらいに無視を決め込んでいるくせに。口を開くのは、金が必要な時だけだ。

「もういい加減にしてくれ」

どうせ聞きやしないことを分かっていながら、千尋は溜息混じりに吐き出した。視線を逸らし、空模様《そらもよう》を眺める。今日も暑くなりそうだった。うんざりする。

「……分かってる。俺は、本当にひどい父親だ。父親なんて、名乗るのもおこがましいくらいだろうが」

殊勝《しゅしょう》だ。よほどのことを言い出そうとしているのか。

「パチンコは止める。酒も煙草も、すぐにとはいかないかもしれないが、出来る限り減らす」

「本題に入ってくれよ。なに?」

「お前に謝りたいんだ」

「だから、そういうのいいって。早く本題に入れよ」

「謝らせてくれ。それが、本題だ」

千尋はぼんやりと窓の外に投げかけていた視線を、ぎこちない動作で父親に戻した。

「…………ちょっと、待ってくれよ。本当に、なんの話なんだ」

がばりと父親が顔を上げる。いつも生えっぱなしの不精髭がきれいに剃《そ》られていることに、初めて気が付いた。

「お前と一からやり直したい」

まるで女性に復縁を迫る陳腐《ちんぷ》な台詞《せりふ》だ。昨日『三日月』でも同じような言葉を聞いた。笑い飛ばそうとして失敗する。父親の目は至極《しごく》真面目だった。

「お前にとって、真っ当な父親になりたいんだ」

意味が分からなかった。頭でも打ったのだろうか。いや、頭を打ったぐらいで、今までの行いを全て悔い改めることなどあるだろうか。

ふいに、自分の左手が目に入る。薬指に鈍く光る銀色の指輪。

すっと、頭が冷たくなった。

まさか。そんなことがあるのか。ありえない。夢物語だ。馬鹿げている。

「……なんで」

声が掠《かす》れる。

「なんでいきなり、そんなこと言い出すんだよ」

幼い頃、自分を置いてどこかに行こうとする父親に泣いて縋ったことがある。何度も、何度も。一度だって、振り返ってくれたことはなかった。そうして、千尋は悟ったのだ。他人になにかを求めることほど無駄なことはないと。なのに。

「すまない」

父親は再び、先ほどと同じように頭を下げた。卓袱台に額を擦り付けそうなほどに深く。

「俺はクズだ。自分で分かっているのに、どうしようもなかった。でも、変わる。だから」

「なんで、いきなりそんな気になったか聞いてるんだよ！」

「……分からない。昨日の夜、酒を飲みながら今までのことを考えたんだ。お前の母親と出会って、お前が生まれて、今日までのこと全部。そしたら、居ても立ってもいられなくなった」

再び、指輪が目に入る。

「お前は俺のたった一人の息子だ。……大事な、息子だ」

ぱん、と頭の中でなにかが弾けた。腹の底から湧きあがってきた不快感に、千尋は唇を歪める。

指輪は本物だ。馬鹿げた夢物語は、ありえたのだ。でなければ、二十年近くも他人のような顔をしていたこの男が、自分のことを息子だなんて言うはずがない。それも、大事な息子だなんて。

乾いた笑いが漏れる。

望む相手に、望むように好意を抱かせる。老婆はそう言っていた。つまり、この父親の姿は、千尋の望んだものということだ。

クズだなんだと見下しながら、結局はこの男からの愛情を求めていたのか。ずっと、こちらを見てほしいと思っていたのか。小さな子供の頃に決して振り向いてくれない背中に追いすがった、あの時のまま。とんだ笑い話だ。

勢いよく立ち上がり、無言のまま玄関に向かった。父親が追いかけてくる。

「待ってくれ。もう少し、話を」

千尋は靴を履いて、くるりと振り返った。

「アンタが俺を待ってくれたことがあったか？」

くしゃりと歪んだ中年男の顔は、可笑《おか》しいほどにみっともなかった。

「俺が味わったものを、アンタも知るといい」

自分でも感心してしまうほど、冷めた声音だった。

これは、復讐《ふくしゅう》だ。

「千尋！」

追い縋る声を無視して、部屋を出る。扉は、できる限り乱暴に閉めた。錆びた階段を下りながら、千尋は口を真一文字《まいちもんじ》に引き結んだ。そうでもしていなければ、笑いとも嗚咽《おえつ》ともつかないなにかが漏れてしまいそうだった。

初めて、あの男の優位に立った。今頃、閉められた扉の前で膝を落とし、これまでの自分の行いを悔いているのだろう。

ざまぁみろと、心の中で罵《ののし》ってみる。しかし、気持ちが晴れるようなことはない。父親がみっともなく縋れば縋るほど、惨《みじ》めだった。そうしてほしいと願ったのは自分なのだ。考えれば考えるほどに腹立たしい。自分に対する落胆もあった。

苛立ちに任せ、歩きなれた道を足早に駆けて行く。

指輪など付けない方がよほどよかったのかもしれない。そもそもなぜ試してみる気になったのかと記憶を辿って、ハッと千尋は息を呑《の》んだ。

父親の変化など、ただの副産物にすぎないではないか。指輪は本物だった。つまり——。

千尋はぴたりと足を止める。

いつの間にか、大学の前まで来ていた。中途半端に開け放たれた校門の前に、長身の男が立っている。腕を組み、門に背を預けている姿は、絵になっていた。

千尋が「先生」と呟くのと、赤枝がこちらに気が付くのは同時だった。長い脚が、迷いのない足付きで近づいてくる。

「どうして、こんなところに」

「お前が来るだろうと思って、待っていた」

「……俺を」

ドクドクと、心臓が鳴る。

「メールもしたんだが」

昨日から、携帯は一度もチェックしていない。千尋が謝ろうとする前に、赤枝が目を細めた。

「……なにかあったのか」

「え？　なにかって」

「それを聞いてるんだ」

動揺が顔に出ただろうか。無意識に口元を覆う。赤枝が益々、眉を曇らせた。

「どうした、それ」

「それ？」

「そんなものしてなかっただろう」

赤枝が指したのは、千尋の左手だった。唐突に、指輪が存在感を増す。

「これは、……なんでもないです」

「なんでもない指輪を、左手の薬指にするのか」

「別に、深い意味はなくて」

うまい言い訳が出てこない。逡巡《しゅんじゅん》する千尋の腕を、赤枝がぐいと掴んで歩き出す。

「え、あの」

校門前の守衛室に警備員がいただけで、広いキャンパスには人影一つ見当たらない。ただ、敷地内に植えられた木々から蝉の声だけが響いてくる。

赤枝の研究室に辿り着くまで、千尋の腕を掴む手が緩むことはなく、二人の間に会話もなかった。

「昨日は悪かった」

扉を閉めて向き合うなり、赤枝が言った。

「……それが言いたくて、待っていた」

千尋の心臓は相変わらず大きく脈打っている。

「な、なんで先生が謝るんですか。俺が悪いのに」

赤枝はじっと千尋を見つめてから、そろりと視線を逸らす。こんなことは初めてだった。

真っ直ぐな視線にたじろぐのはいつも千尋の方で、耐えられずに顔を背けるのも千尋の方だったはずだ。

「あいつの、……ホズミのことが気になるなら、話す」

咄嗟《とっさ》に、「いいです」と首を横に振る。

「興味がないか」

「そういう訳じゃないです。でも、その、今は、……いいです」

頭にも心にも余裕がない。もちろん昨日の男のことは気になるが、それよりももっとずっと気になることがある。

締め切られた部屋は蒸し暑く、じりりと汗が首筋を伝う。

「俺は聞き出すつもりだが」

赤枝がするりと千尋の左手に指を絡ませてくる。

「この指輪のことを」

「こ、これは」

校門からここまで来る道中、今にも破裂しそうになっている頭で懸命に考えた台詞を、千尋は慌てて吐き出した。

「ばあちゃんにもらったんです。大事なものだから、左手の薬指にしておいてほしいって」

嘘ではない。はずだ。

「形見っていうか、いや、死んでないんですけど、生前贈与？　みたいな」

赤枝は瞬き一つせずに指輪を見つめている。早口で捲《ま》くし立てすぎただろうか。嘘くさかっただろうか。未《いま》だかつてない状況に、どう対応するのが正解なのか分からない。

やがて、「そうか」と小さな呟きが薄い唇から漏れた。

「それなら、仕方ないな」

そう言いながら、赤枝は千尋から離れることをしない。

部屋が暑い。距離が近い。心臓が痛い。

「……大倉」

「な、なんですか」

予感に、声が掠れる。指輪が視界の端で鈍く光っている。

「好きだ」

千尋の頭と心を埋め尽くしていた混乱や期待が消え去り、一瞬、目の前が真っ白になった。

「……くそっ」

赤枝が舌打ちする。

「お前に、下心を持って近づいたんじゃない」

言い訳めいた言葉が、しかし、真実だということは千尋が一番よく知っていた。

「嫌なら逃げろ。今すぐに」

苦しそうに顰められた眉、切なげに揺れる瞳。

「俺は、お前のことが好きなんだ」

「……赤枝、先生」

千尋はそっと赤枝の頬に触れる。いつの間にか、心臓は落ち着いていた。次第に、頭がクリアになっていく。

愛を得る魔法の指輪。自分は、選ばれたのだ。灰だらけでも美しい健気な娘とはかけ離れた自分が、愛を得るチャンスに恵まれた。きっとこんなことは、最初で最後だ。

躊躇いなく、千尋は告げる。

「俺も、先生が好きです」

切れ長の目が千尋の真意を図ろうとするように、じっと覗き込んできた。千尋はもう一度、今度は噛み締めるように言った。

「俺も先生が好きです」

赤枝の瞳に戸惑いが生まれる。

「……からかってるのか」

それは、千尋の方が聞きたかった。この状況自体、まるで誰かにからかわれているようだ。今にも全て弾け飛んで、なかったことになりそうな気さえする。

鼓動が再び主張を始める。不安を覚えて、赤枝に縋るように胸元をぎゅっと握り締めた。白いYシャツ一枚を隔《へだ》てた向こう側で、赤枝の心臓が千尋と同じくらいに大きく脈打っていた。

どちらも視線を逸らさない。相手の心を確かめようと必死に見詰め合う。どちらからともなく、そっと唇が重なった。触れ合っただけの唇は、すぐに離れる。

「好きだ」

赤枝の声はいつもより低く、熱を孕んでいた。

好きな人が好きだと言ってくれる。頭がくらくらして、足元が覚束ない。

ずっと赤枝が好きだった。叶わないと知りつつも諦めることもできずに、ただ少しでも近くにと願うことしかできなかった日々が脳裏を過ぎ去っていく。

ぶわりと、視界が曇った。

「好きです。先生が、好きだ」

嗚咽が交じりそうになった千尋の吐息を、赤枝の唇が奪う。今度は、先ほどよりずっと深いキスだった。

千尋は広い背に両手を回し、自分より大きな男を抱き締めた。

魔法はあったのだ。魔法使いも存在した。いや、悪魔と名乗っていた。悪魔でも構わない。王子様にふさわしい特別な少女ではなく、他でもない自分を選んでくれたのだから。

ずっとほしかったものが、腕の中にある。

手に入れた。この先なにがあっても絶対に、この手だけは離さないだろう。そんな強い予感とも希望ともつかない気持ちを抱《いだ》きながら、千尋はぐっと腕に力を込めた。

箸を置き、「美味しかったです」と呟く。まるで計ったように同じペースで食事を終えた赤枝が小さく笑った。窓から差し込む夏の日差しよりも、赤枝の微笑の方がよほど眩《まぶ》しく感じて、千尋はそっと視線を逸らす。

8

夏休みも、もう四週目に入ろうとしていた。

大学生の夏休みは、約二ヶ月という無駄にも感じるほどの長さがある。一年前の今頃は、長すぎる休みを持て余していた。今年は去年が嘘のように、一日一日があっという間に過ぎ去っていく。

原因は、週に三日ほどのバイトと深田に借り出される実行委員会の手伝い、そして今、目の前でコーヒーを淹《い》れている男だ。

「ほら」

差し出されたカップを受け取る。淹れたてのコーヒーは湯気を立てていた。外は四十度にも届きそうな暑さだが、空調の効いた部屋は寒いくらいで、カップの温かさが心地よい。

千尋が大学に来た日は、必ずこうして二人で昼食を共にしている。最初はコンビニ弁当を持参していたが、何度目かで見かねた赤枝が千尋の分も持ってきてくれるようになった。メニューは毎日変わる。手作り弁当にこれほどのパターンがあるのかと、驚かずにはいられない。

廊下をパタパタと誰かが走って行く音がした。

「……珍しいですね」

夏休み中の研究室棟は、驚くほど静まり返っている。もちろん、中には休みであろうとなかろうと自分の研究室に通うことをルーティンとしている赤枝のような教師もいるにはいる。しかし数はそれほど多くはないようで、廊下を歩いていても誰かと擦れ違うことは滅多にない。

「今日は、午前中に会議があったからな」

赤枝は甘い匂いを漂わせる紙袋と自分のカップをテーブルに置いて、千尋の横に腰を下ろした。

「俺も、去年はこんなに毎日来てやしなかった。今年は責任者って名目上、実行委員の連中が作業している日はなるべくいた方がいいだろうってだけだ」

答えながら赤枝は紙袋を開ける。出てきたのは、包み紙に入れられたシュークリームだった。

「最初は面倒だと思ってたが、結果オーライだな。お前に会う口実に困らない」

渡されたシュークリームを手に、千尋は俯く。赤くなる千尋の傍《かたわ》ら、赤枝は涼しい顔でコーヒーを飲んでいる。千尋が固まっていたからだろう。「食わないのか?」と赤枝が尋ねた。

「い、いただきます」

さくりとシューを咀嚼《そしゃく》する。中身は、カスタードと生クリームが半分ずつ入っていた。甘い。

赤枝は、なにかにつけて甘味を買ってくる。昨日はゼリーだったし、その前は羊羹《ようかん》だった。赤枝と甘味の組み合わせは、少し意外だ。

「特別、なにが好きとかあるんですか」

「なにがだ」

「甘いものです。和菓子の時も、洋菓子の時もあるから」

「まぁ、別にどれも嫌いじゃないが」

言葉に反して、赤枝は自分の分のシュークリームには手をつけない。いつもそうだ。千尋が食べ終わるまで、大抵手を伸ばさない。

「お前に食わせるのが、面白いんだ」

「え？」

「やっぱり、無意識か」

赤枝が目を細める。

「え、な、なにがですか」

「甘いものを食う時の顔だ。素直に喜ぶのを恥ずかしがってるガキみたいに、口元がぎこちなく緩む」

思わず口元を空いた手で隠すが、くつくつ笑う赤枝にすぐ剥《は》がされてしまった。顔が耳まで熱い。真っ赤になっているはずだ。

「い、いつからですか？」

そんな情けない顔を、いつから晒していたのだろう。記憶を遡《さかのぼ》ってみるものの、千尋がコンビニ弁当を持参した初日にはすでに、エクレアかなにかを貰った覚えがある。

「前に、食堂で一緒に昼飯を食ったことがあっただろう」

羞恥《しゅうち》でぐるぐるする千尋を前に、赤枝は楽しげだ。

「あの時、デザートのプリンを食ってるのを見て、気が付いた」

そんなに前の話なのかと、千尋は益々居《い》た堪《たま》れなくなる。

「仏頂面《ぶっちょうづら》しか知らなかったからな。印象的だった」

嬉しそうにしていた自覚も皆無だ。しかし、思い当たる節ならある。

千尋の通った小学校では、金曜日だけ給食にデザートが付いていた。デザートといってもゼリーや牛乳寒天のような素朴《そぼく》なものばかりだったが、それでも千尋にとっては特別だった。父親が与えてくれる食べ物はスーパーで半額になった賞味期限ギリギリの弁当ばかりで、菓子など一切なかった。自分で買うような金もなかった。唯一、千尋が甘いものを口にできるのが金曜日だった。学校を楽しいと思ったことはないが、金曜日だけは登校する足が軽かった。

「クリーム、垂れるぞ」

横から手が伸びてきて、千尋の腕を引き寄せる。赤枝が零れかかっていたクリームを一口奪い取った。まるで、そのついでだとでも言わんばかりに、軽く唇まで啄《ついば》まれる。

「……甘いな」

「あ、当たり前です」

非難めいた声を上げても赤枝は気にする様子もなく、それどころか楽しげでさえある。

こんなにも間近で過ごすことを許されるようになって、気が付いたことがある。

赤枝は、驚くほど素直に感情を表に出す。女性や子供のようにころころと顔を変えるわけではないが、基本的に言動も表情も素直だ。端正な顔立ちだからか、唇が微かに綻ぶだけで、ストレートに感情が伝わってくる。そのたびに、千尋はどうしていいか分からなくなってしまう。

気恥ずかしさから、残ったシュークリームを頬張った。一口、二口と、味わうことなく押し込む。クリームをコーヒーで流し込んで、ゴミを纏めた。

「あの、そろそろ深田達のところに行きます」

慌しい千尋の動きを黙って観察していた赤枝が苦笑する。

「お前は、最初からそうだったな」

「な、なにがですか」

「いや。なんでもない。……それより、近いうちに『三日月』に行かないか。紡が、お前を連れて来いとうるさい」

『三日月』には、あの日以来、行っていない。自分でも薄情だとは思うが、特別行きたいとも感じていなかった。元々、赤枝と一緒にいるために通っていた場所だ。紡や佐々木に会えないことに多少の寂しさは覚えるが、それだけだった。

「先生は、行ってるんですか」

「前ほど頻繁じゃないが」

「……俺達のことは？」

「言ってない。紡と佐々木さんには話しておこうと思うが、どうだ？」

千尋は少し考えてから、「分かりました」と頷いた。


数日後、赤枝の提案通り、二人で『三日月』を訪れた。

赤枝の説明は、簡素なものだった。「付き合うことになった」と、それだけだ。紡は「マジ!?」と目を見開いた。焦《こ》げ茶色の瞳が今にも零れ落ちてしまいそうだった。

「千尋くんのこと気に入ってるんだろうなって思ってたけど、えー、本当にー!?　いつの間に!?」

「本当だ。うるさいヤツだな」

齧りつかんばかりの勢いの紡に向かって、赤枝は犬を追い払うように手を振る。

「いやー、だっててっきり弟分みたいに思ってるのかと思ってたからさ」

赤枝の隣で夕飯代わりのパスタをつつきながら聞いていた千尋は、ぎくりと身を竦ませた。

千尋の内心など知る由《よし》もない紡は口を尖らせる。

「千尋くんは、俺が見つけたのにな～」

「なに言ってやがる。こっちはお前より先に大学で知り合ってる」

「そんな大人げなく張り合わなくてもいいじゃんか～。……ま、いっか。おめでたいことには変わりないし。ね、佐々木さん！」

　持っていたグラスを掲げて笑う紡に、佐々木も頷いた。

　この店を逃げるように去った時のことを思い出す。佐々木に気持ちを見抜かれたことを悟ったあの時の気まずさといったらなかった。今も少し居た堪れないが、あの時ほどではない。

「でもそうか～。壮介は捨て猫タイプに弱かったんだなぁ。庇護欲そそられちゃう感じ？」

　赤枝越しに、紡が覗き込んでくる。

「まぁ、分かるけどな。俺が千尋くんに声掛けたのも、同じ理由だしさ」

　千尋は紡の視線から逃げるように赤枝の陰に隠れ、夕飯代わりのパスタを口に突っ込む。

「千尋くんみたいな子が自分だけに懐くのって、堪らないだろうな～」

「こいつ相手に、おかしな想像をするな」

「えー、だって気になるもん。千尋くんが壮介にどんな風に甘えるのかとかさ～」

　皿にはあと一口分しか残っていない。食べ終わって口が空いてしまったら、今は赤枝に向いている言葉が今度は千尋に向けられるのではないかと思うと、フォークを動かす指が鈍る。最後の一口を躊躇っているうちに、突然フォークを手ごと横から攫《さら》われた。ほとんど冷めたパスタは、赤枝の口に放り込まれてしまう。

「帰るぞ」

無言で咀嚼した後、グラスに残っていたビールを飲み干した赤枝は、スツールから立ち上がる。紡が目を丸くした。

「えっ、来てからまだ三十分も経《た》ってなくない⁉」

「報告に来ただけだからな」

千尋もフォークを持ったまま固まり、紡と同じように呆気に取られていた。二人の驚きなど気にする様子もなく、赤枝はさっさと支払いを済ませてしまう。

「えー。俺、また一人にされんの？　まだ八時なのに！　夜はこれからなのに！」

「佐々木さんがいるだろうが」

「佐々木さんは俺の佐々木さんじゃなくて皆の佐々木さんだし」

「俺もこいつも、お前のもんじゃねぇ」

赤枝が冷たく言い捨てる横で、千尋もスツールから立ち上がる。

店を出る直前、佐々木が「ちょっといいか」と赤枝を手招いた。千尋のことをちらりと気にしながら、なにかを耳打ちする。赤枝は微かに眉を顰めて頷き、千尋の元に戻ってきた。

「……大丈夫ですか？」

「ああ」

聞き方を間違えた。千尋が尋ねたかったのは、佐々木が耳打ちした内容だったのに。この流れでは、改めて尋ねるのもおかしい。

店を出る直前まで、紡が不満そうな顔をしているのが見えた。

「いいんですか？」

エレベータを降りたところで躊躇いがちに尋ねる。

「なにがだ」

「紡さん、まだ一緒に飲みたそうな感じでしたけど」

内心、自分が話題を振られずに助かったと安堵《あんど》しているくせに、紡を気遣うようなことを言ってしまう。それに、店を出てしまったことを残念がる気持ちは、千尋にもあった。紡に答えづらい追求をされることは避けたかったが、もう少し赤枝と並んで座っていたかった。赤枝とは専《もっぱ》ら大学で逢瀬《おうせ》を重ねるばかりで、共に過ごす夜は久しぶりだった。本音を言うのならば、赤枝がグラスを傾ける姿を、もっと見ていたかった。

「あいつが下世話な想像をする方が悪い。それに、癪《しゃく》だ」

「……癪？」

エレベータの扉が後ろで閉まる。

「まだ、あいつが想像するほど甘えてもらってない」

カッと、頬に血が上った。

「あ、甘え？」

「お前が甘え下手なのは最初から分かっていたが。……思いの外《ほか》に頑《かたく》なで手を焼いていると言ったら、どうする」

「ど、どうするって」

「強引に甘やかしてやろうと思わないでもないんだが、逃げられたら元も子もないからな」

熱くなった頬に、赤枝が触れる。無骨に骨ばった指は、優しい。

「淡白な関係の方が好みか？」

「あの、えっと、…………先生は？」

答えに窮《きゅう》して、質問に質問で返してしまう。

「分からないか」

分かりませんと答えるには、赤枝の瞳は雄弁すぎた。

「……じゃあ、あの、甘えていいですか」

赤枝が片眉を上げる。涼しげな顔に、微笑が浮かんだ。

「好きなだけ」

初めて赤枝に会った時も、甘え下手だと笑われた。今もあの頃と変わらず、千尋は甘え方など知らない。甘えるということは、我侭《わがまま》を言うこととどう違うのだろうか。甘えるという行為の中に、我侭を言うということが含まれているのだろうか。

恐る恐る口を開く。

「もっと、……一緒にいられますか」

赤枝は微かに目を見開き、それからくしゃりと千尋の頭を撫《な》でた。

「そうだな。まだ時間も早い。どこかでコーヒーでも飲むか」

「そうじゃなくて。いえ、コーヒーもいいんですけど、あの、」

唇が、少し震えた。

「俺、……帰りたく、ないです」

赤枝の顔を見ることができず、俯いて告げる。踵《かかと》と爪先が擦り切れてところどころ解《ほっ》れの見える自分のスニーカーと、きちんと磨かれた赤枝の革靴が向き合っている。革靴と並ぶことで余計に古さの強調されたスニーカーが、父親と暮らすアパートを連想させた。

「一人暮らしなんです。だから、帰っても誰もいなくて」

ボロボロのアパートでは、父親が待っている。千尋に対して善き親であろうとするあの男は、あの日からずっと真面目に暮らしている。サボりがちだった仕事に毎日行き、慣れない家事に四苦八苦《しくはっく》し、金をせびることもなくなり、女を連れ込むこともしなくなった。幼い頃からずっと自分が望んでいた、子供を愛する父親の姿。けれど、そんな父親を見るたびに、千尋は嗜《し》虐的《ぎゃくてき》な気分になってしまう。申し訳なさそうに話しかけてくる度に冷たくあしらい、時にひどい言葉を投げつける。

欲している愛情を向けられているはずなのに素直に受け取ることができないのは、おそらく十数年に渡り千尋の中に降り積もった恨みつらみのせいなのだ。素直になればやり直せる。分かっていても、己の中の怨嗟《えんさ》の声を消せない。あの男の待つ家に帰りたくない。叶うなら、赤枝のそばにいたい。

赤枝は黙り込んでいる。

スニーカーも革靴も、ぴくりとも動かない。やっぱりいいです。冗談です。そう言いかけた時、

「お前のことは、大事にしたいと思っている」

静かな声が耳朶《じだ》を打った。思わず顔を上げる。赤枝の表情は曇っていた。

「部屋に引きずり込んだ途端に喰《く》らい付くようなことはしないが、だからと言って朝まで指一本触れずに紳士を気取れる自信もない。それを知っても、さっきと同じことが言えるか？」

値の張りそうな革靴が、じりと汚れたスニーカーに近づく。

千尋は固まったまま動けないでいた。心の中では、困惑と罪悪感と、そして喜びが綯《な》い交《ま》ぜになっていた。

赤枝の欲は、つまり千尋の欲だ。恋心に肉欲が含まれていることは、色恋沙汰《ざた》に初心《うぶ》な千尋でも重々承知している。赤枝の長い指を想像して自分の熱を発散したことだってあった。身体を繋げたいと願っているのは赤枝ではなく、自分だ。

「俺こういうの初めてでうまい誘い文句も知りませんけど、俺は先生のことが好きで、好きな人に触りたいと思うし、それに、あの、触れないことが大事にするってことでもないと思うっていうか、要は心の持ち様っていうか」

滔々《とうとう》と言葉が湧き出てくる。これほど饒舌《じょうぜつ》になったことが、今まであっただろうか。

「だからあの、つまり、俺も先生のことは大事にしたいと思うし、でも、だからもっと一緒にいたいと思うし、さっき先生は俺がなにを喜ぶか分からないって言いましたけど、俺は先生と一緒にいられることが一番嬉しいし、大事だし、その延長に触りたいって気持ちはあるし、……触って、……ほしい」

言葉数だけが無駄に多い、不恰好な告白だ。けれど、おそらくこれが本来の自分なのだ。悟った顔で孤高を気取っていた薄皮一枚剥がせば、自分の言いたいことも纏められず、ひたすらにみっともない。

「……先生?」

赤枝が溜息めいた息を吐き、片手で自分の顔を覆い隠した。

「ちょっと待て。今、大人としての自分と葛藤《かっとう》している」

「……大人って、先生と俺、そんなに変わらないと思います」

教師と学生という立場の差こそあれど、十も二十も離れているわけではない。二十代の赤枝とて、世間的にはまだまだ若い部類だ。

「俺、そんな子供じゃないですし。それにもうすぐ……あっ」

一つの事実を思い出し、千尋は赤枝のシャツの袖《そで》を掴んだ。

「なんだ？」

赤枝が掌の下から千尋を見下ろす。千尋は気が付いた事実に半ば興奮していた。

そうだ、すっかり忘れていたが、

「俺、成人したんです。この間」

赤枝が目を眇めた。

「……あぁ？」

「えっ」

鋭い眼光に、興奮がしおしおと萎《しぼ》んでいく。

「誕生日だったのか」

「は、はい」

「いつ」

「先月」

「先月の、いつだ」

「に、二十九日です。七月の、二十九日」

『三日月』へ一人で行ったことを咎《とが》められた時にはすでに成人しており、最初に赤枝と約束した「成人するまで」という期限は切れていた。しかし、千尋は赤枝と『三日月』で一緒に過ごす口実のためにその事実を黙っていたのではない。いや、自分が成人したことに気づいていたのならばそうしただろうが、単純に失念していた。

「そうか。俺、二十歳なんですね」

実感はないが、いつの間にか世間に大人として認められる歳になっていたのだ。中身はなに一つ変わっていないのに、成人していると気が付いただけで背筋が伸びるような気がして、不思議だった。

「……なんですねって、お前……」

千尋の呟きに、赤枝は眉間を押さえる。

「なにかないのか」

「なにか？」

「欲しいものとか、したいこととか、してほしいことだ」

「……帰りたくないです」

なにもいらない。ただ、一緒にいたい。

赤枝は再び黙り込む。

「先生？」

「……こう、……どうしてやろうかという気になるな……」

「は？」

赤枝は複雑そうな顔をしていた。かと思うと、大きく溜息を吐いて、くるりと身を翻《ひるがえ》す。

「行くぞ」

「ど、どこにですか」

スタスタと歩いていってしまう背中を慌てて追いかけ、横に並ぶ。赤枝は、ちらりと千尋を見下ろした。

「俺の家だ」

「えっ」

驚きの声には、喜びが混じっていた。しかし、赤枝の眉間には皺が寄っている。

「俺はお前と寝たいと思っている。はっきり言って、限界だ」

「え？　あ、はい。……えっ？」

「が、今はそれより先にすることができた」

路地裏を抜けて、大通りに出る。賑やかな繁華街には目もくれずに進む赤枝の横顔は一見不機嫌なようにも見えるものの、苛立っているような様子はない。しかし、赤枝のしかめっ面に困惑する千尋は、下手に刺激することを恐れ、黙って赤枝について行った。

赤枝の住むマンションは、二駅ほど離れた都市開発の進む地区にあった。それほど都会ではないはずなのに、背の高い新築のマンションが立ち並んでおり、赤枝が千尋を従えて入ったマンションも見るからに新しかった。くしゃみをすれば隣の住人にまで聞こえるようなアパートに住む千尋は、磨きぬかれた床の輝きに驚き、実用性のみならずデザイン性まで兼ね備えた照明に驚いた。

驚きは、十二階の赤枝の部屋に入っても続いた。もちろん、すでに荒《あ》ばら屋と称しても過言ではない自宅と比べる無意味さに気づいてはいたが、それでも比較せずにはいられなかった。

赤枝とは人種が違う。そんなことは、最初に恋に落ちた時から自覚していた。しかしそれは主に人間性に関してであり、生活面に関してまではあまり想像したこともなかった。現実を知った今は、赤枝と自分の共通点など同じ大学のキャンパスの土を踏んでいるというだけではないかという気がしてくる。

「どうした?」

「いえ。その……家賃が高そうなマンションだなと」

「新しいってだけで、別に普通だろう。部屋も、ここと寝室があるだけだ」

これが普通であるなら、世間の普通というものは千尋の普通よりもよほど高い位置にある。

「適当に座ってろ」

リビングにぼうっと立ちすくむ千尋に、カウンターの向こうのキッチンでシャツの袖を捲くりながら赤枝が声を掛ける。生返事をしながら、千尋は窓際に近づいた。夜空に惹《ひ》かれるように扉を開け、ベランダへと出る。

自分の家から眺めようとこの部屋から眺めようと、きっと夜空の遠さなどそれほど変わらないはずなのに、なぜかいつもよりもずっと月も星も綺麗な気がした。湿気を孕む夏の風も、心なしか涼しげで心地よい。

視線を落とすと、道を一本挟んだ向こう側に川が流れていた。風が冷たく感じるのは川のせいかもしれない。川辺に生えている青々とした木々が、囁くように揺れている。

「桜だ。春になると、一面見事に染まる」

そう言いながら、いつの間にか後ろに立っていた赤枝がグラスを差し出す。琥珀《こはく》色の液体がグラスの中で揺らめいていた。蜂蜜《はちみつ》を何十倍にも薄めたような色をしている。

「……なんですか、それ」

「ワインだ。二十歳の誕生日なら、ひと口ぐらい試すもんだろう」

そういうものかと思いながら、グラスを受け取る。

「脚を持て。温くなる。酒なんて好きに飲めばいいが、初めてなら冷たい方が飲みやすい」

赤枝の持ち方を真似《まね》てみる。ほっそりとしたグラスの脚は、少しでも力を入れたら折れてしまいそうだ。揺れる琥珀色の液体を見つめる千尋に、赤枝が肩を竦める。

「そう警戒するな。酔い潰してあれこれしてやろうなんてことは企んでない」

「そ、そんなこと考えてないです」

「そうか？　俺は少し考えた」

本気とも冗談ともつかない口調だった。

赤枝がじっとこちらを窺っている前で、恐る恐るグラスを口に運ぶ。想像より口当たりが軽く、あっさりしていた。

「飲めそうか」

「た、たぶん。美味しいです。……先生は、ワインが好きだったんですか？」

ビールかウィスキーを手にしている姿しか見たことがなかった。ロックグラスの縁《ふち》を持つ赤枝は絵になっていたが、こうして見るとワイングラスも誂えたように似合っている。

「好きでも嫌いでもない。こいつは就職が決まった時、記念にと佐々木さんがくれたんだ。一人で飲むには過ぎた銘柄で持て余していたが、佐々木さんに感謝だな。……千尋」

「はいっ」

初めて、名前を呼ばれた。驚きで声が大きくなる。背筋を伸ばした千尋に、赤枝がくいとグラスを掲げる。

「おめでとう」

「あ、ありがとうございます」

返事はこれで合っているのだろうかと心中で首を傾げながら、ぎこちなく答える。誕生日を祝ってもらったのは、初めてだった。少なくとも、千尋の記憶の限りでは。

夜風を頬に受けながらゆっくりとワインを飲み、グラスが空になった頃に部屋へと戻った。

赤枝が用意してくれた簡単なつまみを肴《さかな》に杯を重ねるうちに少し足元が浮き上がるような不思議な気分のよさに包まれたが、思考も呂律《ろれつ》もしっかりしていた。

「意外と強いな」

千尋の隣で、赤枝がほとんど中身のなくなった瓶を揺らす。

「の、飲みすぎましたか」

身を竦めると、腰掛けているソファが少し沈んだ。

「気にするな。少し当てが外れただけだ」

「当て?」

「酔っ払ったところを、甘やかして寝かしつけてやろうと企んでいた」

「ね、寝かしつけるって」

想像して、かっと頬に血が上る。まるで子供扱いだが、悪い気はしなかった。しかし、残念ながらそれほど酔っ払ってはいない。眠気の気配も今のところ皆無だ。それに、

「……触ってくれるんじゃ、ないんですか」

寝たいといったくせに。あれは、ただ一緒のベッドで寝るだけというニュアンスではなかったはずだ。不満げに口にしてしまってから、はたと息を呑む。前言撤回《ぜんげんてっかい》だ。やはり、少し酔っている。

慣れないワイングラスを持つ手からグラスを取り上げ、自分のグラスと一緒にテーブルに置

いた赤枝は、千尋の顎を持ち上げてそっと唇を重ねてきた。

「祝うだけのつもりだったんだが、……家に連れ込んだ時点でただのいい訳だな」

吐息が熱い。

「せ、先生」

「壮介だ。千尋、呼んでみろ」

「そ、……壮介、さん」

赤枝の顔が、嬉しそうに綻んだ。甘い笑みに、くらりと眩暈を覚える。頭が霞《かすみ》がかったように、ぼうっとした。

「触っていいですか」

少し強面の端正な顔に、いつもきちんと整えられた髪に、捲り上げられた袖から見える腕に、シャツの奥の鎖骨に。

赤枝は返事の代わりに、千尋の手を引いた。促されるままに足を踏み入れた寝室には、一人用とは思えないサイズのベッドが一つ置かれていた。

「……大きなベッドですね」

サイドボードに置かれた間接照明を付けながら、赤枝が「言っておくが」と真剣な顔で言う。

「はい」

なにか大事な注意事項でもあるのかもしれないと居住まいを正した。

「狭いベッドで寝るのが嫌なだけで、誰かと寝るためじゃない」

なんのことを言っているのか、すぐには理解できなかった。

「……あっ！　えっと」

直前の話題の続きだと気が付き、気まずさから視線が泳ぐ。

寝具に言及したのは、目の前の立派なベッドと自分の煎餅《せんべい》布団を比べての率直な感想だったのだが、疑っているのだと誤解させてしまったらしい。

「洗練潔白《せいれんけっぱく》とは言い難い身だが、この部屋に他人を入れたのは初めてだ」

ここで誤解を解くのはさすがに空気が読めていない気がして、千尋は神妙な顔で頷くだけにした。

手を引かれ、ベッドに座る。心地よい弾力を持つベッドだったが、緊張で据《す》わりが悪い。

「えっと、その、こういうのって、先にシャワーとか」

「気にするな」

赤枝は腰を屈めて、啄むようなキスを与えてくれる。

「そ、そういうものですか？」

間近にある瞳が細くなる。少し楽しげに見えるのは、千尋の気のせいだろうか。

「さぁ。どう思う？」

どうもこうも、知るはずがない。

「お前が気にならないならいい」

そう言うと赤枝はベッドに膝で乗り上げる。千尋は無意識にずるずると腰を引いたが、途中で腕が滑ってベッドの真ん中に自ら倒れこんだ。上から覗きこんでくる瞳が熱を孕んでいることに気が付き、心臓が破裂しそうになる。頬に触れられると、大げさなほどにびくりと身体が竦んだ。唇を静かに塞《ふさ》がれる。

「……んっ」

「緊張してるな」

「あ、当たり前です」

ふっと、赤枝は鼻で笑ったが、それは千尋を馬鹿にしてのことではなかった。

「俺もだ」

「……本当ですか」

「ああ。ガキの頃に戻った気分だ」

もう一度唇が重なる。千尋がおずおずと唇を開けると、ぬるりと赤枝の舌が入り込んできた。

「ん、……ふっ」

Tシャツを脱がせる指が胸を掠め、ジーンズを剥がす手が下肢に当たる。それだけのことで、千尋の身体はいちいち大きく震えた。あまりにも初心な反応を笑われるのではないかと構えたが、赤枝はくすりともしなかった。

「あ、あの、えっと」

千尋の一挙手一投足《いっきょしゅいっとうそく》を見逃すまいとするような真っ直ぐな瞳に、居た堪れなくなる。

「俺も、脱がした方が、いいですよね」

衣類のほとんどを剥ぎ取られてから、やっと思い至った。手を伸ばしてシャツに触れる。ボタンを外す指が震えた。

現れた赤枝の素肌に、千尋の心臓が益々大きく鼓動する。デスクワークを主としている赤枝だったが、引き締まった身体をしていた。腕の筋肉の膨らみ、薄っすらと割れた腹筋。そっと肩に触れてみる。肌は硬く、滑らかだった。

小刻みに震え続ける千尋の手を赤枝が握る。そっと唇を寄せて、掌にキスをした。ひっそりと輝く指輪が、赤枝の唇を掠める。

「左手の、薬指か」

呟きは、複雑そうだった。

「誕生日に貰ったのか」

「あ、いえ。そうじゃないです。貰ったのは、それより前で」

たった数ヶ月前のことなのに、随分昔に感じる。あの老婆は今、どこでなにをしているのだろう。

赤枝は指輪を撫でている。

「……気になりますか」

「恋人の指に、それも左手の薬指にある指輪が気にならない方が、どうかしているだろう」

「す、すみません。……でも、これ、外せないんです」

外したら、この甘い時間も霧散してしまう。

「いい。薬指一本なら、お前の祖母に譲ろう」

「——あっ」

赤枝が千尋の首筋に顔を埋める。肩から耳朶へと唇が辿る。手荒くはないが遠慮のない手が、胸元を弄《まさぐ》る。胸の突起を柔らかく掻かれると、羞恥に身体が震えた。自然と身体に力が入ってしまう。

千尋の緊張を解《ほぐ》そうとしてか、赤枝は性急なことはしなかった。まるで動物の毛繕いのように丁寧に、身体中に舌を這《は》わせていく。しかし、じとりと宿る熱は毛繕いのような穏やかさとは懸け離れていて、千尋の緊張は一向に解けない。ちりちりと、身体のあちこちが熱い。

「ひぁっ」

ぐっと引き結んでいた唇から声が漏れたのは、胸から腹へと下っていった舌先がぬるりと臍《へそ》の穴に入った時だった。

「や、やです、それっ」

思わず赤枝の頭を掴む。視線を落とした千尋は、大きく狼狽《ろうばい》して、腰を引こうとする。いつの間にか下腹部が硬くなっており、赤枝の下で震えている。

逃げようとした千尋を責めるように、赤枝が臍の下を甘噛みする。

「じっとしてろ」

「や、でも、……んんっ」

赤枝は千尋の下肢に顔を近づける。なにをされるのか察して、千尋はさらに動転した。

咄嗟に赤枝の頭を掴む手に力を込める。

「ま、待って、待って、待って」

「そ、そんなところ、む、無理です……！　正気の沙汰じゃない」

「元々、恋愛なんて正気の沙汰じゃない」

言うやいなや、赤枝は千尋の抵抗など物ともせずに迷いなく下肢へと口付けた。ぬるりとした生温かい感触に、腹筋が引き攣る。

「あ、あ、や、やだっ」

羞恥で頭が破裂しそうだ。じわりと涙が目尻に溜まった。

「逃げるな」

懲《こ》りずに逃げようとする腰を片手で抱き込まれる。赤枝は先端から根元までを丁寧に舐《ねぶ》り、空いた手で双球を刺激した。為す術のない千尋は、両手で自分の口を押さえて、必死に息を殺そうとする。見たくないと思うのに、視線はなぜか赤枝を追ってしまった。魅惑的に動く舌や唇は、普段のストイックな赤枝からは懸け離れている。

信じられない状況に眩暈を感じているうちに、その艶めかしい唇が千尋の昂《たかぶ》りを咥えこんだ。

「や、あ、あぁ、」

爪先がシーツを掻き、腰が揺れる。ぐちゅぐちゅと、いやらしい水音が響く。先端を舌先で刺激されると、もう限界だった。

「は、はなし、て、」

再び赤枝の頭を掴む。先ほどより強く、髪を引いた。赤枝は千尋を見上げるが、口を離そうとはしない。

「その、出、出る、の、で……」

セックスとは、こんな情けないことを口にしなければならないのだろうか。けれど、なにも言わないまま達してしまえば赤枝の口を汚してしまう。そんなことできるはずがない。

精一杯の告白を聞いた赤枝はしかし、千尋を解放しはしなかった。

「やっ!?　え?　ちょ、ん、んんっ」

屹立《きつりつ》はさらに深く咥えこまれる。水音が大きくなり、全身が戦慄《わなな》く。内腿が引き攣りそうだ。必死に耐えようとする千尋を嘲笑《あざわら》うかのように、快楽が大きな波となって襲ってくる。

「ひ、あ、あ、……んあぁっ」

頭の中が真っ白になる。息が切れて、頭が上手く回らない。ぼうっとしている千尋の上から赤枝が起き上がる。ぐいと乱暴に唇を拭う姿を見て、千尋は自分が我慢しきれなかったことを悟った。

「……すみません」

羞恥で死んでしまいそうだ。顔を両手で覆い、蚊の鳴くような声で謝る。

「謝る必要がどこにある?」

「だって、俺、……俺、口に」

出してしまった。あんなもの、絶対に不味いはずだ。

「俺がそうさせたんだ。嫌だったのなら、謝るのは俺の方だな」

「い、嫌とかじゃないです」

思わず起き上がる。

「絶対、そんなんじゃなくて」

死にそうに恥ずかしかった。同じくらい、気持ちよかった。

「なら、謝るな」

赤枝の大きな手が、千尋の頭を撫でる。

「今日はこのまま寝ちまえ」

千尋は目を剥く。

「ね、寝るって」

「出すと、眠くなるだろう」

確かに、先ほどまで倦怠感に包まれていた。けれど今は驚きが勝《まさ》ってそれどころではない。

「で、でも、その、続きは」

男同士でも繋がれることくらいは、千尋も知っている。

「壮介さん、その、だ、出して、ないし」

スラックスの股上が窮屈《きゅうくつ》そうに膨らんでいる。相当我慢しているはずだが、本人は涼しい顔をしている。鉄の理性でも持ち合わせているようだ。

「俺の企みは、さっき話しただろう」

千尋を寝かしつけると言っていたことだろうか。

「二十歳になったからって、なんでもかんでも急いで大人になろうとする必要はない」

「い、嫌です。だって、俺、そのつもりで来たんです」

大人しく、寝かしつけられるつもりはなかった。

「ったく、強情だな」

赤枝は苦笑し、再び千尋の身体をベッドに横たえた。

「もう少しだけだ」

長い指が、改めて千尋の身体を弄り始める。

「お、俺も」

赤枝のスラックスに手を伸ばすが、すぐに遮られた。

「駄目だ」

「なんでですか？　俺に触れるの、嫌ですか」

他人の昂りに触れたことなど皆無だ。上手くできる自信もない。それでもと決めた覚悟を却下されてしまい、千尋は微かに傷つく。

「そうじゃない」

額にキスが落とされる。聞き分けのない子を宥《なだ》めるような、穏やかなキスだった。

「さすがに、触られたら我慢できない」

我慢なんてしてほしくない。そう言いかけた時、びくりと身体が戦慄いた。自分の放った白《はく》濁《だく》と赤枝の唾液《だえき》でぬるぬるになっていた先端を、柔らかく刺激される。すぐに双球の張り詰める気配があった。

「あ、……んっ」

ぬめりを掬《すく》った指が根元を擽《くすぐ》り、強張る膨らみの谷間をなぞる。熱を放ってくたりとしていたはずの性器は、再び昂り始めていた。すぐに反応してしまう自分が恨めしい。これではまた一方的に翻弄されるだけではないかと心の中で己を叱咤《しった》した瞬間、びくん、と腰が大きく跳ねた。

湿った赤枝の指先が探ったのは、後ろの窄《すぼ》まりだ。柔らかく刺激された場所がひくつくのを、自分でも感じた。

「こら、息を詰めるな」

呼吸を止める千尋を責めるように、赤枝がキスをする。舌が絡み合うと、自然と身体の力が抜けた。

「いい子だ」

うっとりするような囁きだった。

ぬるりと、指が一本だけ千尋の中に入ってくる。異物感に再び力が入りそうになるものの、呼吸を繰り返してやり過ごした。寝ろと言う赤枝に先を強請《ねだ》ったのは自分だ。拒否していると思われてしまうようなことは一つもしたくない。

様子を窺うように少しずつ、指が入ってくる。

「痛くないか」

千尋はこくこくと、精一杯頷いた。

やがて、指がある一点を掠めた。

「ひぅっ、ふ、……はぁ、あっ」

快楽よりも羞恥と違和感に負けて萎《な》えかけていた性器を、掌で包まれる。

「後ろがつらいなら、こちらで感じていればいい」

「や、ま、待ってください」

そんなことされたら、またすぐに達してしまう。

擦りあげられて上り詰めていく感覚をなんとか飲み下そうとしているうちに、屹立とは違う場所からじわりと快楽が湧き上がってきた。

「は、……えっ？」

ゆるゆると刺激される一点が異様に熱い。最初は直接的な快感とは違う、燻《くすぶ》るような熱だった。微かなものだと耐えているうちに、熱はどんどんと膨張していった。

「あっ、え、あの、ちょっと、あ、熱、い……！」

全身が燃えるようだ。

「やっ、あ、……ああっ」

どっと、快楽が弾ける。白濁が飛んで、自分と赤枝の腹を汚した。しまった、と頭の片隅で思う。同時に、どうしてと赤枝に視線を投げかけた。赤枝は答えず、千尋の額にキスをする。卑怯だ。そんな風に優しくされたら、なにも言えない。

身体が泥のように重かった。このまま、シーツと一体になってしまいそうだ。

「寝ていい」

「でも、……壮介、さん……が」

「いいから」

よくない。なにもよくない。

「寝ろ」

気持ちは抗おうとしているのに、身体が付いていかない。枕に顔を埋め、千尋は眠りの中に落ちていった。


ふんわりと意識が浮上する。ぼやける視界の向こうに、赤枝がいた。スラックスを穿いただけの姿で指に煙草を挟み、窓辺に立っている。微かに開いた窓の隙間から、紫煙が外へと流れていく。

汚れていたはずの千尋の身体には、もう白濁の跡はなかった。

「……起きたか」

小さな衣擦《きぬず》れの音に気が付いて、赤枝がこちらを見る。千尋は気だるい身体をベッドに横たえたまま、微かに頷いた。

「まだ夜中だ。寝てろ」

「……すみません」

掠れた声は、子供のように頼りなかった。

「なにを謝ってる」

「俺、だけ、」

気持ちよくなって、とは言えなかったが、言いたいことは伝わったようだった。煙を吐いて、赤枝が静かに笑う。

「そんなことはない。好きにさせてもらった」

そう言うと、窓辺に置いてあった灰皿を手にする。

「消さないでください」

咄嗟に出た言葉は、先ほどよりもはっきりしていた。

学生の前では吸わないと言われた時の鈍い胸の痛みを、今も覚えている。期待などしないと訳知り顔で自分を納得させていたのに、いち学生として扱われるだけで傷付いていた。

煙草の先は灰皿に押し付けられ、揺蕩っていた煙も消える。

「消さないでって言ったのに」

赤枝は静かな足取りでベッドの縁までやってきたかと思うと、千尋のこめかみに小さなキスを落とした。

「消さないと、キスできないだろうが」

嘘のように幸せだった。

「……俺、自分はつまんない人生歩むんだろうなって思ってました」

「そうなのか」

ベッドに片足だけ乗り上げて座った赤枝が、千尋の頭を撫でながら穏やかな声音で応じる。

「ついこの間まで、俺の大学生活は勉強ばっかかで。別に、勉強は別に嫌いでもないけど特別好きでもないし。法学部だけど、法律にもあんまり興味ないし」

赤枝は黙っている。優しい沈黙だった。

「うち、あんまり金なくて。だから、安定した職業とか暮らしが欲しくて、法務省とか財務省とか、そういうとこの役人になろうって昔から決めてたんです」

「小説の主人公みたいな奴だな」

実家の棚に眠っている一冊の文庫本を思い出して、千尋は視線を逸らす。

「……壮介さんは、なんで文学だったんですか」

赤枝は、少しだけ間を置いて答えた。

「家庭教師の影響だ」

「……壮介さんの家って、お金持ちなんですね」

「普通だ」

普通。赤枝に言わせれば、なんでも普通だ。こんな綺麗なマンションも、大きなベッドも、家庭教師なんてものを雇う余裕のある家庭も。

きっと赤枝が千尋の普通を知れば、驚愕《きょうがく》するに違いない。知られたくない。暴かれたくない。千尋の後ろにあるものには目を瞑《つむ》り、ここでこうして蹲っている自分だけを見ていてほしい。

千尋はぎゅっとシーツを握り締める。薬指に、指輪が光っていた。

「……俺、ここにいちゃ駄目ですか」

こんなこと、指輪がなければ決して言えなかっただろう。そもそも、指輪がなければこんな状況になってもいない。

「帰りたくない」

この幸せで居心地のいい場所に、ずっと留まっていたい。ここを、自分の居場所にしたい。

大きな手は相変わらず千尋の頭を撫でてくれている。額にかかる前髪が耳の後ろへと撫でつけられる感覚を最後に、千尋の意識は途切れた。

次に目を覚ました時、窓の外は見事に明るかった。広いベッドには千尋一人で、シーツに触れてみても温もりは残っていない。

脱ぎ散らかしたはずの衣類は見当たらず、変わりにシャツとスラックスがベッドの脇に置かれていた。他に着る物は見当たらず、恐る恐る身につける。上下共に少し長く、袖をひと捲りするとちょうどいいサイズになった。

リビングの方から、人の気配がする。扉を開けてそっと覗き込むと、赤枝がキッチンに立っていた。

「おはよう」

「……おはよう、ございます」

千尋の姿を上から下まで眺めて、赤枝はくつくつと肩で笑う。

「な、なんですか？」

「いや、なかなかクるものがあると思ってな」

よく分からないが、上機嫌なのは間違いないようだ。

「スクランブルエッグと目玉焼き、どっちがいい」

「え？　ど、どっちでも」

「すぐできるから、ここに座ってろ」

キッチンカウンターの前に置かれた椅子を、赤枝が顎で指す。千尋は言われた通り腰を下ろした。

「朝飯は、大抵八時前だ。無理して俺に合わせる必要はないが、可能なら起きて来い」

熱の通ったフライパンの上をバターが滑る。香ばしい香りがふわりと鼻腔《びこう》を擽った。

「俺は、家にいないことが多い。仕事は大概大学でするし、フィールドワークにも出る方だ。時期的にこれから地方での学会も増える」

千尋が戸惑っているうちに、溶けたバターの上には卵が落とされた。

「どこを触るなだのなにをするなだの煩《うるさ》く言うつもりはない。俺のいない間も好きにしろ。独り暮らしをしていたなら、家事に問題はないんだろう？」

「え？　は、はい。……えっと？」

フライパンに水を落として蓋《ふた》をした赤枝は、胸ポケットを漁る。取り出されたのは、シンプルな形の鍵《かぎ》だった。

「下のオートロックは暗証番号式だ。今日の予定は？」

「だ、大学に行きます」

「それなら出掛けに教える。他になにか聞きたいことはあるか？」

「……先生、あの」

「壮介」

「そ、壮介さん」

名前は、昨晩の生々しさを思い起こさせる。千尋は赤くなり、膝の上で握った両手を見つめた。

「……俺、ここにいていいってことですか……？」

「駄目なら、鍵なんか渡さない」

「迷惑じゃ、ないですか」

はぁ、と大きな溜息が聞こえた。

「あのなぁ」

大きな手が伸びて来て、ぐいと千尋の顎を掴む。強引に引き上げられた目の前では、赤枝が真剣な顔をしていた。

「俺が、自分の嫌なことを押し切られるタイプだと思うのか」

「壮介さんは、……優しくて、面倒見がいいので」

困っている人間には、手を差し伸べずにはいられないはずだ。

「誰にどう優しくして、どこまで面倒を見るのかは俺が決める。それに、」

赤枝はぐっと顔を寄せ、千尋の唇に小さなキスを一つ落とした。

「そばにいたいと願ってるのは、お前だけじゃない」

ただでさえ赤かった千尋の顔に、益々血が上る。頭がカッカとして、なにも考えられずにいる千尋の前で、赤枝は手際よく朝食の準備を進めた。

9

九月も中旬に入ると、大学に業者が来て中庭のステージを組み始めた。学園祭まで二ヶ月弱あるが、安全面を考慮し学生のいない夏休みのうちに組み立ててしまうらしい。

教室の窓から半分ほど出来上がったステージを見下ろして、深田が感慨深げに溜息を吐く。

「もうすぐ夏休みも終わりだな～」

「もうすぐって、あと二週間もあるけどな」

「一ヵ月半あっという間だったんだから、二週間なんてないも同然だろ」

カンカンと、鉄骨の叩かれる音が空に響いている。ニッカボッカを履いた作業員達の姿に父親が重なり、千尋はそっとステージから視線を逸らした。

家にはもう半月帰っていない。赤枝の家で過ごすと決めた翌日に、父親が仕事をしているであろう時間を見計らって、必要なものを取りに一度だけ家に帰った。少し迷ったが、「友人の家にいる」という書き置きは残した。心配させまいという配慮からではなく、捜索願でも出されたら堪らなかったからだ。それから何度も携帯電話に着信があったが、無視を決め込んでいるうちに回数は減った。最後の着信は四日前だ。

「あ、なぁなぁ。後期始まったらすぐにグループワークあるじゃん？」

深田の暢気《のんき》な声が千尋を現実へと引き戻す。

「あれ、一緒にやらないか」

「……別に、いいけど」

そっけない了承の返事を聞くなり、深田は「よっしゃ」と拳を握った。

「あ、いや違うぞ。別に大倉が成績いいから利用しようとかそういうことじゃないからな」

「そんなこと疑ってない」

深田の顔が途端にニヤけた。

「……気持ち悪い」

「いやー、なんか嬉しくて。俺、前から大倉とは友達になりたいと思ってたし」

深田は不思議な男だ。実行委員に入るまでは明らかな距離があったはずなのに、たった数週間の付き合いで、いつの間にかするりと隣に滑り込んできている。千尋の態度が特別変わったということはなく、相変わらずそっけなくしている自覚はあった。証拠に、他の実行委員メンバーとは全く交流していない。付き合いづらいと陰で言われていることも知っている。大道具係の作業も、間に深田が入ってくれるからなんとかなっているだけだ。ここまでめげずに友好を深めようとしてくる相手は、千尋の人生の中で深田が初めてだった。

もしかしたら、深田にも指輪の力が働いているのかもしれない。深田に友情を求めた覚えなどないし、必要以上に構ってこようとする姿勢に辟易することもあるが、自分が深層心理で相手にどんな感情を求めているかなど分からない。父親がいい例だ。

「そういえばさー、もうすぐ彼女と付き合い始めて一年になるんだけどさ、なんかプレゼントとかするもんなんかな」

「そんなの、俺が知るかよ」

「大倉は貰ったら嬉しい？」

自分の意見が参考になるとはとても思えない。その辺で作業をしている奴等に訊けよと思ったが、今は休憩中でどの学生もそれぞれにまとまって楽しそうに話している。

返答に窮していると、ふいに教室の扉が開いた。

「あ、赤枝先生！」

女子学生が、嬉しそうな声を上げる。

「休憩中か」

「そうでーす」

「ちょうどいい。差し入れだ」

赤枝がビニール袋を差し出す。覗き込んだ学生が「アイスだー！」と諸手《もろて》を挙げた。わらわらと赤枝の周囲を学生達が囲む図を眺めながら、深田が不思議そうに首を傾げた。

「なんか最近、赤枝先生よく来るよなぁ。まぁ、来たところであぁやって差し入れしてくれるだけで余計な口出さないし、皆嬉しそうだし、いいんだけどさ」

「ふぅん」

できるだけ、どうでもいいと言わんばかりに相槌《あいづち》を打つ。赤枝が学生の囲いを抜けて、こちらにやってきた。手には、カップアイスと棒アイスを一つずつ携えている。

「俺が、なんだって」

「最近、随分と気にしてくれるなーって話ですよ」

棒アイスを選んだ深田が、包装を剥きながら答える。

「お前らがちゃんとやってるか監督してんだろうが」

「ええ？　今さらですか？」

「前だって時々見に来てただろう」

「時々って、ほんと、めっちゃ時々だったじゃないですか。夏休み前なんて片手で数えられるくらいでしたよ。もしかして、夏休み暇なんすか」

「まぁな」

「寂しい話ですね～」

赤枝は深田達のためにこうして毎日大学に来ているのだと、内心で反論しながら千尋はカップアイスの蓋を開ける。スプーンの先が、さくりと気持ちのよい音を立てて白乳色のアイスに刺さった。

「先生モテるのに、恋人とかいないんですか」

赤枝は応とも否とも答えず、肩を竦めただけだった。しかし、深田は爛々《らんらん》と目を輝かせる。

「あっ、その反応はいますよね？」

楽しげだが声はきちんと抑えている。一応、周囲に配慮しているのだろう。

「暇ならこんなところに顔出してないで、構い倒してあげればいいじゃないですか」

「お前の知らないところで構い倒してる」

予想外の返事だったのだろう。深田は一瞬、呆気に取られたようだった。しかし、すぐにニタニタと笑い出す。

「やー、先生、ムッツリですね」

「意外か」

「どっちかってーと、やっぱりって感じです」

ほのぼのとした雰囲気で攻防を続ける脇で、千尋は黙々とアイスを口に運ぶ。黙っている千尋に気を遣ったのか、深田がひょいとこちらを覗き込んだ。

「なぁ、大倉。ちょっと交換しない？　ひと口くれよ」

あーん、と口を開ける。驚くくらいに自然な動作だった。彼女と日常的に似たようなやりとりをしているのだろう。だからと言って、自分に同じことを求めないでほしい。

ぽっかりと空いた口に戸惑っていると、赤枝がごちんと深田の頭を小突いた。

「いでっ」

「人のもんに手を出すな」

深田は後頭部を撫でながら、不満げに唇を尖らせる。

「えー。いいじゃないですか。アイスのひと口くらいー」

「アイスならな」

赤枝の言葉に、ひやりとする。

「なんですか、それ～」

相変わらず雰囲気はほのぼのとしているが、千尋は足元の覚束ないつり橋を一人で渡っているような気分だった。アイスで冷たくなった口内よりずっと、首筋が寒い。「深田くーん」と入り口近くに屯《たむろ》していた学生がこちらに叫んだ。

「委員長が、進行度について訊きたいって～」

入り口に、実行委員長が立っている。深田は「おう」と応じて棒アイスを咥えながら、ひょいひょい入り口の方へと駆けて行った。

「さっきみたいなの、……怖いです」

こっそりと呟く。赤枝がこちらを見下ろしていることは分かっていたが、千尋はあえて手元のアイスだけを見ていた。

「俺のだって主張したくなったんだ」

「しゅ、主張って」

二人の関係が露見《ろけん》した時に、困るのは千尋ではなく赤枝のはずだ。

「深田がお前に親し気なのが悪い」

「あいつは誰に対してもあんな感じで、別に親しくなんて」

「親しくなきゃ、食いさしを強請るなんてことはしないだろ」

声に棘《とげ》があったように感じて、千尋は思わず顔を上げる。ばちりと視線が合った途端、赤枝はなぜか微かに瞠目《どうもく》した。

「先生？」

「……いや」

ふいと視線が逸らされる。

「……悪かった。俺の悪い癖だ」

「悪い、癖？」

説明を求めて反復するが、赤枝はなんでもないと肩を竦める。委員長と話し合っている深田を眺める眼差しは、いつもの赤枝のものだった。

「深田は、いい奴だな」

「俺も、……そう思います」

「友達が増えるのはいいことだ」

深田を友達と言い切ってしまっていいのか、千尋には分からない。分からないが、深田は「友達になりたかった」と嬉しそうにしていた。だったら、友達なのかもしれない。

「俺、初めてです。……友達、できたの」

赤枝の視線が、千尋に戻る。大きな手が伸びてきて、がしがしと頭を掻き乱した。

「ちょ、ちょっと。やめてください」

思わず、大きな声が出る。談笑していた何人かの学生が振り返った。しかし赤枝は周囲の視線など気にした様子もなく、まるで犬でも可愛がるような手付きで千尋の頭を撫で続ける。

「み、見られてますから……っ！」

声のボリュームを下げて抗議する。赤枝が手を放す気配を見せないので、千尋は自分から一歩後ろに下がった。ボサボサになった髪を整えながら、少し恨みがましい目を向ける。

赤枝は、笑っていた。少し、困ったように眉根を寄せて。

「……先生？」

「お前を、実行委員に誘《さそ》ってよかった」

聞きなれたはずの低い声に、千尋は微かな違和感を持つ。苦しげな、あるいは悲しげな響きが、安堵の呟きに混じっていたような気がした。

承服しかねる現実を自分に納得させている、そんな声音だった。

10

「はい、今日のバイト代」

差し出された封筒を受け取る。非正規雇用者達を統括している社員の男は、ファイルをチェックしながら「あれ」と呟いた。

「大倉くん、今日で最後か。お疲れ」

浅く首を下げてからその場を後にする。外に出ると、西の空が赤く染まっていた。握りっぱなしになっていた封筒を鞄の中に突っ込んで、駅へと向かって歩き出す。

深田の言葉通り、二週間などあっという間だった。明後日《あさって》から後期の授業が始まる。夏休みの間だけと決めて始めたバイトは生活費のためだったが、赤枝の家で過ごすようになってからまとまった金を必要とする機会がない。家賃はもちろん、食費さえ受け取って貰えないからだ。結果、バイト代はほとんど手付かずで残っている。あって困るものではないのだから貯めておけばいいのだが、妙に落ち着かない。

赤枝にプレゼントをするのはどうだろう。ふいに湧き上がった思い付きに、千尋は足を止める。

金銭では駄目なら、物を贈ればいい。でも、なにを。赤枝はなんでも持っている――ように、千尋には見える。千尋がわざわざ贈る物など、すぐには思いつきそうにもない。ヒントになりそうなものを探して周囲を見渡す。駅に近いだけあって、この辺りならば大抵のものは揃いそうだ。

千尋の視点は、はたと一箇所に釘付《くぎづ》けになる。大型のショッピングモールの側面に、各階の看板が掲げられている。その中に、「書店」の文字があった。思い出されるのは、赤枝の文庫本だ。一度返そうと決めたのに、その後の出来事でうやむやになってしまい、結局返せていない。赤枝と心を通じ合わせることのできた今ならば、躊躇いなく返すことができるだろう。しかし、返そうにも件の文庫本は実家の棚の中だ。

千尋はショッピングモールの本屋に入り、いつか図書館で手にした文庫本と同じものを買った。たかが数百円。贈り物としては安すぎる。しかし、これ以上のものが思いつかない。

電車に揺られながら、初夏の頃に赤枝の本を拾ったこと、恋心ゆえに持ちっぱなしになっていたことを正直に告白しようと決めた。きっと、嫌な顔はされないはずだ。あちらの文庫本が必要だと言うのならば、実家に取りに帰ったっていい。そうなれば買ったばかりの文庫本は用なしかもしれない。それでもいい。ただ、千尋が贈るものを持っていて欲しかった。自分が後生大事にしまっていたものと同じ文庫本であれば、二人の繋がりがさらに増えるようで嬉しかった。

帰途を急ぐ足取りは軽い。日は暮れ始めている。

本を夕飯前に渡そうかそれとも夕飯後に渡そうかなどと考えを巡らせていると、すぐにマンションが見えてきた。

玄関の植え込み前に誰かが立っている。最初は待ち合わせでもしているのだろうと気にしなかったが、人影の人相がはっきりするほど近づいて、千尋は足を止めた。

「こんにちは」

千尋に気が付いて、にっこりと笑う。中性的な顔立ちに、艶かしい笑み。緊張感が、足元からじわりと湧いた。

「……アンタは」

「前はきちんと自己紹介もできなかったよね。保住です。保住 誠《まこと》」

ホズミは苗字だったのかと、間抜けにも安堵してしまった。しかしすぐに気を取り直す。

「なんでここにいるんですか」

「君に会いに来たんだ」

「……俺？」

保住が近づいてくる。目線の高さは同じくらいだったが、妙な威圧感があった。

「君、ここに壮介と一緒に住んでるんでしょう？　あ、隠さなくていいよ。ここのところ、しばらく見てたから」

「み、見てた？」

「『三日月』だっけ？　あそこ、何回か行ってるうちに出禁にされちゃったんだ。仕方ないから、外で壮介のことを待ってたんだけど、君と一緒に出てくるから声をかけられなくてね。跡をつけたんだよ」

保住のことはほとんど知らない。しかし、この男なら千尋がいようといまいと遠慮なく声を掛けてくる気がした。もともと、跡を付ける気だったとしか思えない。

「そしたら、同じマンションに入って行くから、驚いたよ」

驚いた様子など少しも見せずに、保住は笑う。その笑顔にぞっとした。背筋に嫌な汗が伝う。

「まさか、壮介が恋人を作ってるなんて、思いもしなかったよ。……あんなことがあったのに」

なにがあったのかと、千尋に問わせたいのだろう。保住は、千尋がなにも知らないと踏んでいるのだ。悔しいことに保住の想像は当たっている。

相手のペースに飲まれまいと拳を握り、己を鼓舞《こぶ》する。できるだけ剣呑《けんのん》な目つきで保住を睨《にら》みつけた。

「俺に、なんの用ですか」

綺麗なアーモンド形の瞳が弓なりになる。

「壮介をね、返してほしいんだ」

それが当然とでも言わんばかりに、保住は堂々としている。

「壮介は僕のことがすごくすごく好きだったんだよ。僕も、壮介が大好きだった。僕達は、お互いを愛しすぎて擦れ違ってしまったんだ」

赤枝がこの男を愛していたことは、間違いない。分かっていても、改めて言葉にされると胸が痛んだ。

千尋は黙り込む。反撃したい。しかし、反撃の一手が出ない。壮介が今愛しているのは自分だと言えば話は終わるはずなのに、言葉は喉に絡まった。

「壮介、うまいでしょう?」

「……え?」

「セックス」

ガンと、頭を強く殴られたような衝撃に襲われた。

「何も知らないあの子に、僕が一から仕込んだんだよ」

千尋の声は、益々腹の底へと押し込まれてしまう。保住の言葉は棘だらけの蔦《つた》のようだ。千尋の心をぐるぐるにして締め付けてくる。

壮介とは、毎晩同じベッドで寝る。抱き締め合って眠るだけの日もあるが、触れ合ってから眠りに付くことの方が多い。けれど、自分達の睦《むつ》み合いをセックスと呼んでいいのか、千尋には分からなかった。

　壮介は、千尋に快感を与えることに終始している。少なくとも、千尋にはそう見える。なぜなら、まだ一度も挿入を伴う行為には及んだことがないからだ。傷つけたくない、大事にしたい、焦ることはない、というのが赤枝の弁だった。不満に思ったことはない。今、この瞬間までは――。

「キスの仕方、前戯《ぜんぎ》の方法、挿入のタイミングまで僕が全部教えたんだ」

　保住の声は、己より弱いものを悪戯《いたずら》にいたぶるような残酷さを持っている。

「ねぇ、君さ」

　保住の手が伸びてくる。白く繊細そうな手を、千尋は思い切り振り払った。怯《ひる》む保住を押し退《の》けてマンションに入る。

　エレベータに入る直前に振り返った時、玄関の硝子《がらす》扉越しに保住と目が合った。保住は笑っていた。勝利を確信しているような顔だった。

　赤枝はリビングで本を読んでいた。帰ってきた千尋に気が付くと、本を伏せてソファから立ち上がる。

「おかえり」

「た、だいま」

　応える声は、ぎこちなくなってしまった。運動をした後のように、鼓動が激しく息が切れている。

「どうした」

「……その。走って帰ってきたから」

赤枝が怪訝《けげん》な顔でじっと見つめてくる。対照的に、千尋はソワソワと視線を彷徨《さまよ》わせる。鞄を下ろし、手を洗ってくるからと一度リビングを出た。

洗面台に手を付き、ふっと息を吐く。鏡に映る自分は冴《さ》えない表情をしていた。冷たい水で顔を洗いながら、胸の中に渦巻いている泥々《どろどろ》とした気持ちも一緒に洗い流せてしまえたらいいのにと唇を噛んだ。

手探りでタオルを探し当てて顔を上げ、千尋はぎくりと固まる。後ろに、赤枝が立っていた。腕を組み、壁に寄りかかっている。鏡越しに視線が交わった。

「なにがあった」

言葉尻に、疑問符の響きがない。

「えっと、……別に……」

保住の話は、しておくべきだ。ストーカー紛《まが》いのことをされていると、赤枝自身が知っておいたほうがいい。ただ、もう少し冷静になってから話したい。

「千尋」

びくりと身体が揺れたのは、赤枝の声が驚くほどに低く、冷たくなったからだった。

「隠し事をするなら、もっと上手くやるべきだ」

振り返り、大きく首を振る。

「違います！　隠し事とか、そういうことじゃなくて」

「千尋」

低い声が、鋭い視線が、なにより二人を取り巻く重い空気が、言い訳を許さない。どうしてと疑問を差し挟むことさえ、許してくれそうもない。冷静な態度の奥に、言い知れぬ怒りのようなものを感じる。

千尋は、手にしていたタオルを強く握り締めた。

「……あの、……保住って人」

声が喉に引っ掛かる。強引に口を抉《こ》じ開けられているようだ。

出てきた名前に意表を突かれたのか、赤枝の片眉がぴくりと跳ねる。

「保住がどうした」

「……マンションの前にいました。『三日月』から帰る俺達の跡をつけたって言ってた」

「跡を？　……あいつ」

赤枝は苦々しい顔になる。代わりに、先ほどまでの険は消えた。

「……悪かった」

「壮介さんは、悪くないです」

保住のしでかしたことを、自分のことのように謝らないでほしい。壮介は自分のものだとでも言わんばかりの保住の態度が脳裏に蘇ってしまう。

「いや。俺がもっと強くあいつに言っておくべきだった。『三日月』に来ていたことは、佐々木さんに聞いていた」

「出入り禁止にされたって言ってました」

「また俺を訪ねてくるようであればそうしてくれと、俺が頼んだんだ」

赤枝が眉間を押さえる。

「とっくに終わった話だ。本人にも、そう伝えてある」

保住の中では少しも終わっていない。あの態度を見る限り、終わらせる気もないだろう。

「……あの人の話、聞かせてください」

保住の執着は、異常だ。妄執《もうしつ》めいてさえいる。保住にそうさせるだけのなにかが、二人の間にあったはずだ。

「駄目だ」

「……なんでですか」

千尋は眉根を寄せる。こちらの口は割らせようとするくせに自分の話はできないなんて、アンフェアだ。

「過去に誰をどう愛したかなんて話は、したくない」

千尋だって聞きたくない。聞きたくないが、中途半端に保住から聞いてしまった以上、聞かずにはいかれなかった。

「でも、前は話してくれるって言いました」

赤枝は指摘には答えず、千尋の両肩を掴んだ。

「千尋。俺はお前が好きだ。過去に誰を愛していようが、今の俺にはお前しかいない」

その時、保住が自分より圧倒的に優位であると感じた理由を、千尋は唐突に理解した。左手の薬指に光る指輪のせいだ。赤枝の愛が、千尋が己の力で得たものではないからだ。セックスだ挿入だなどは、理由付けの一つに過ぎない。

ああ、と千尋は心の中で呻《うめ》いた。

壮介が今愛しているのは自分だなどとは、口が裂けても言えるはずがなかったのだ。どうして今まで気にしないでいられたのだろうか。赤枝の愛が、作り物であることを。

保住は、赤枝に愛されていた。過去のことであっても、それは揺るぎのない事実だ。赤枝の自分に対する想いは、指輪一つを外すだけで簡単に霧散する。

「……分かりました」

千尋は項垂れるように俯き、呟いた。

「もう、訊きません」

それは、諦めだった。自分などが押し入ってはならない領域を前にして、千尋は敗北感に打ちのめされていた。

　肩を掴む赤枝の指に、ぐっと力が籠もる。

「……嫌になったか」

「え？」

「ここにいることが。……俺のことが」

　赤枝の顔は不安げに歪んでいた。思いも寄らない言葉に驚きながら、「まさか」と首を横に振る。嫌になるとすれば、赤枝ではなく自分自身だ。

「あいつとは、もう一度話をする。お前に手出しはさせない」

「俺のことは、いいです」

　千尋の声が聞こえていないかのように、赤枝は続ける。

「だから、千尋。俺から離れないでくれ」

「……壮介さん？」

「大事なんだ。俺は、お前がなにより大事だ」

　赤枝は掴んでいた肩を抱きこむようにして千尋を引き寄せる。

「離れて行かないでくれ」

「……離れません」

　離れたくない。そう望んでいるのは、自分の方なのだから。

千尋は銀色の輝きが視界に入らないように、タオルで左手を覆い掴んだ。

11

保住に待ち伏せされた一件から、赤枝は千尋の行動を把握したがるようになった。夏休みが終わった今、千尋の生活は家と学校の往復のみだが、それでも毎朝一日の予定を聞いてくる。いつの間にか、下校時には必ず連絡を取り合って人目に付かない場所で待ち合わせるのが暗黙の了解となった。

「えっ⁉　じゃあなに？　今、四六時中一緒の生活してんの？」

紡が大仰に仰け反る。他の客と談笑していた佐々木が、もう少し声を抑えろと人差し指を立てた。注意されたのは自分ではないものの、千尋は声を抑え気味にして答える。

「四六時中ってわけじゃない。俺は法学部だし、壮介さん文学部だから」

「でも同じ敷地内にいるんじゃん？　なんか、息が詰まりそうだな～」

遠慮のない紡の言葉に、千尋は「そんなことない」と苦笑する。千尋を挟んで紡の反対側に座っている赤枝は、黙ってグラスを傾けていた。千尋の返答になにかを感じ取った様子はなく、千尋は内心でほっと息を吐く。

実際のところ紡の指摘はそれほど的外れでもない。ただ、紡の言う息苦しさとは少し違う。常に赤枝と一緒にいることが息苦しいのではなく、赤枝が自分に向ける愛情が作り物であることに息苦しさを感じていた。赤枝の感情を捩《ね》じ曲《まげ》げているという罪悪感が、ぎりぎりと千尋の首を絞める。

　なにを今さらと、心の底で冷静な自分が笑っている。最初から分かりきっていたことだ。分かりきっていたのに、蓋をして見ないふりをしていた。

「もうやだーってなったら、俺のところに来ていいからな」

　紡が千尋の肩を抱く。しかし紡の手は、千尋の隣に座っていた赤枝によって叩き落とされた。

「触るな」

「別に変な意味で触ったわけじゃないじゃん」

　紡が唇を尖らせる。

「壮介って、そんな余裕ないキャラだっけ?」

「キャラもなにもあるか」

「えぇー?　もっと余裕持たないと、千尋くんだって困るよなぁ?」

「え?　いや、俺は、……別に」

　困りはしないけど、と答える声は尻すぼみになっていった。紡は親切心から赤枝を窘めているのかもしれないが、できればこの話題にはこれ以上突っ込まないでほしい。

　千尋はスツールから立ち上がる。

「ちょっと、トイレ行ってくる」

紡が苦笑した。この場から逃げ出すためであることを悟られてしまったのだろう。しかし、座り直すのもおかしな話だ。千尋はそそくさとトイレに向かう。扉を閉めて、ふっと息を吐いた。溜息を聞き咎める者は誰もいない。

最近の赤枝がおかしいことは、千尋とて重々承知している。赤枝が千尋の行動を気にするのは、再び保住に絡まれることのないようにという配慮からだろう。無暗《むやみ》に千尋を縛り付けようとしているわけではないはずだ。だからこそ、千尋もなにも言えない。

時々、赤枝は一人で考え込んでいる。どうしたのかと尋ねても、なんでもないとしか返ってこない。なんでもないはずがないのだ。赤枝は、ひどくなにかを恐れているように見えた。なにもできない己が歯痒《はがゆ》い。いや、できることなら、一つだけある。左手に光る指輪。これを捨てることだ。赤枝は千尋に向ける愛情ゆえなにかを恐れている。千尋は赤枝の愛情が作り物であることが苦しい。指輪を捨てれば、二つの問題が一気に解決する。

千尋は奥歯を噛み締める。

「……そんなの」

嫌だ。せっかく手に入れた愛情を、自ら捨てることなどできない。苦しくても、幸せなのだ。

ギィ、と扉が開いた。入ってきたのは、見覚えのない青年だった。青年は千尋に向かってにこりと笑う。

「こんばんは」

「……はぁ」

「この店には、よく来るの？」

トイレで世間話などよくする気になるものだと呆れてからすぐに、自分がいるせいで用が足せないのかもしれないと思い直す。

千尋は持ち前の愛想の悪さをいかんなく発揮《はっき》し、無言でその場を立ち去ろうとした。しかし、青年の横を通り過ぎようとした瞬間、腕を掴まれた。ぎょっと青年を凝視するが、青年は笑顔のままだった。

「無視しないでよ。取って食おうってわけじゃないんだ。ちょっと話でもしない？」

「……しません」

「好みだなって、上の階から見てたんだ。声掛けたかったけど友達といるみたいだから、ずっとタイミング計ってたんだよ」

千尋は盛大に眉を顰める。『三日月』でこんな風に声を掛けられるのは、初めてのことだった。

「ここには、よく来るの？」

「……さぁ」

青年は千尋の素っ気ない答えに噴き出した。

「あはは。いや、ごめん。自分の嫌われっぷりに笑っただけ」

「嫌うほど、関心がないです」

「そっか～。まぁ、そうだよね」

取り付く島を与えまいとする千尋に、青年は気を悪くする様子もない。軽薄だが、悪い人間ではないようにも見えた。

「ねぇ、名前は？」

無言で、捕まれた腕を振る。放せという意思表示だった。分かっているはずなのに、青年は千尋を解放しようとしない。

「ごめん。先に名乗れって感じだよね。俺は、」

青年の言葉を遮るように再び扉が開く。今度現れたのは、赤枝だった。千尋の腕を掴む青年を一瞥《いちべつ》して、すっと目を細くする。ぞくりとするような仄暗《ほのぐら》い怒りが瞳の奥に灯った。

「なにしてる」

「ナンパかな？」

青年は悪びれもせずに答える。

「その手を離せ」

赤枝が青年の手首を掴む。先ほどまでの攻防が嘘のように、青年はあっさりと千尋から手を放した。しかし赤枝に怯んだ様子はなく、笑顔のまま千尋に尋ねる。

「もしかして、パートナー？」

千尋はこくりと頷いた。

「そっかぁ。三人でいたから、てっきり友達同士で飲んでると思ったんだ。ごめんね」

青年はひらひらと手を振り、清々《すがすが》しいほどに軽々と引き下がった。

「大丈夫だったか」

赤枝が覗き込んでくる。

青年が出て行った扉は、反動でゆらゆらと揺れていた。

「大丈夫です。なにもされてないので」

「腕を掴まれていただろう」

「でも、それだけです」

青年が掴んでいた場所に、赤枝が触れる。眉間の皺は深く、千尋の言葉に納得していないことは明白だった。

「……しばらくこの店に来るのを止めようと言ったら、どうする」

千尋は目を瞬く。冗談かとも疑うが、赤枝は至極真剣な様子だ。

「なんですか、それ。なんで……？」

「また、似たような男が現れないとも限らない。あいつだって、お前を諦めていないかもしれない」

「そんなことないですよ」

「どうして言い切れる？」

なんとなく、などという軽い返事は許されない雰囲気だ。

「あの男がお前に迫っているのを見た瞬間、怒りで目が眩んだ。お前に好意を向ける男がいるかもしれないと思うだけで、頭を掻き毟《むし》りたくなる」

赤枝が唇を噛む。

「そ、壮介さん？」

なににそんなに追い詰められているのか。恐れているのか。

千尋は他人に嫌われこそすれ、好かれた経験などほとんどない。いつも周囲の視線を奪うのは、赤枝の方だ。

「俺、壮介さんのことが好きです。すごく、すごく好きです」

赤枝の表情の強張りが、微かに緩む。

「なんだ、突然」

「伝わってないのかなと思って。……すみません。こんな場所で言うことじゃなかったですね」

トイレで告白など、間抜けすぎる。

「でも俺、本当に、壮介さんのことが好きです」

壮介しか、見えていない。他の人間は全員同じだ。もちろん少数の例外はいるが、全員纏めても壮介を想う気持ちの足元にも及ばない。

「大丈夫だ。……分かっている」

壮介が呟く。自分に言い聞かせているような口調には、覚えがあった。

「……そうですね」

千尋は小さく頷いた。

「じゃあ、しばらくここに来るのはやめましょう」

「……千尋」

佐々木や紡に会えなくなるのは寂しいが、仕方ない。優先するべきは、赤枝だ。

「だから、」

そんな顔しないでください、という言葉は飲み込んだ。どんな顔をしているか尋ねられたら、うまく答えられないからだ。怯えているように見える、と正直に告げることは躊躇われた。

「帰りましょう、壮介さん」

千尋がそう言うと、壮介はまるで安堵したかのように小さく息を吐いた。

12

引き止める紡を振り切って『三日月』から帰ってから数日は、まるで嘘のように穏やかで赤枝も安定していた。

このまま穏やかな日々が続けばいい。ぼんやりとそんなことを考えていた休日の昼下がりに、予想外の話が齎《もたら》された。

「出張？」

赤枝が苦い顔で頷く。

「来週な。京都で学会があって、……面倒だが顔を出さないわけにもいかない」

「どのくらいですか」

「一泊二日だ」

なんだ、と千尋は胸中《きょうちゅう》でそっと息を吐く。赤枝があまりに深刻な顔をしているものだから、かなりの長期出張なのかと思った。考えてみれば、大学の授業だってあるのだ。それほど長く留守にできるはずがない。

「わかりました。家のことは心配しないでください」

千尋がそう頷いても、赤枝の表情は晴れなかった。

「お前も来ないか」

驚きの提案に、思わず目を丸くしてしまう。

「出張にですか？」

邪魔以外の何者でもない。

「会議の間は、観光でもしていればいい」

「でも、平日ですよね？」

授業がある。講義ならまだしも、ゼミを休むことは避けたかった。

「そうか。……そうだな」

千尋の真面目さを知っている赤枝は、それ以上食い下がることはしなかった。

翌週、赤枝は朝早くに関西へと旅立って行った。

一人で過ごすのは久しぶりだ。がらんとした部屋に少しだけ安堵を覚え、安堵を覚えたという事実に罪悪感を抱いた。

いつものように大学に向かい、いつものように講義を受ける。五限を終えた後は、図書館に向かった。赤枝のいない家に早々に帰っても、することがないからだ。閉館を告げる放送を耳にするまで居座るのは、久しぶりだった。

スーパーに寄ろうかと考えながら、校門を出る。好きにしろと赤枝は言っていたが、冷蔵庫の中のものを勝手に漁るのは気が引けた。どうせ、一日、二日のことだ。適当になにか買って帰ろうと決めた時、「千尋」と呼ばれて、足が止まった。

久しぶりに聞く声だった。恐る恐る振り返る。父親が、ほっとした顔で立っていた。

「よかった。いくら待っても出てこないから、もういないのかと思った」

「……なんで、こんなとこに居るんだ」

責める声が弱々しくなってしまったのは、父親の頬がげっそりと痩《や》せこけていたからだ。目の下には、濃い隈《くま》があった。

「お前を、迎えに来たんだ」

「迎え？」

「社長に頼み込んで、正社員にしてもらった。これからは、毎月ある程度纏まった額の給料がもらえる」

「へぇ？」

冷淡な相槌が、夜道に響く。

「続くといいな」

「必ず続ける。……今、お前どこにいるんだ」

「どこだっていいだろ。俺がいない方がアンタだって色々楽なはずだ」

「そんなことはない！」

振りかぶる父親の姿に、千尋は眉を顰める。

「うるさい」

通行人が何事かと振り返った。校門横の守衛室にいた警備員も、訝《いぶか》しげにこちらを覗く。

「頼む千尋。帰ってきてくれないか」

「……だから、うるさいって」

父親ががばりと頭を下げる。土下座《どげざ》でもしかねない勢いだった。

「……みっともないことやめてくれよ」

「頼む」

「やめろって！」

居ても立ってもいられなくなり、千尋はその場から駆け出した。

「千尋！」

父親が、追いかけてくる。待ってくれと叫ぶ顔は必死だ。

闇雲《やみくも》に走りながら、千尋は唇を噛んだ。もうやめてくれと指輪に願う。あんな父親の姿が見たかったわけじゃない。こんなこと望んでいない。望んでいるなんて、思いたくない。

「うわっ」

角を曲がったところを誰かが歩いていた。咄嗟に避けることができず、思い切り背中にぶつかる。後方に大きくよろけたが、なんとか踏みとどまった。

「お、大倉？」

振り返った相手は、深田だった。

「どうした？　そんなに急いで」

「千尋！」

父親の声が響く。びくりと震えて、千尋は再び走り出した。

どこへ行けばいいか分からない。赤枝のマンションだけは知られたくない。相手の体力が尽きるまで逃げるしかないだろうか。中年とはいえ、相手は肉体労働者だ。運動一つしない自分が、逃げ切れるだろうか。

不安に押し潰されそうになった千尋の腕を、後ろから追いかけてきた誰かが掴んだ。父親かと無意識に振り払いかけるが、相手はぐんと走るスピードを上げて千尋の腕を引っ張る。

「ふ、深田⁉」

先ほどぶつかったばかりの背中に、千尋は目を瞠る。

「いいから、ついて来い！」

脇道に入って、いくつかの角を曲がる。フェンスで区切られた駐車場の中に入り込み、大型車の影にしゃがみ込んだ。全力疾走したせいで、肺が痛い。

父親が追いかけてくる気配はなかった。何度も道を曲がる中で、こちらを見失ったのかもしれない。

「なんだったんだ、あの男」

走ってきた道を警戒しながら、深田が尋ねる。肩で息をしていたが、千尋よりはずっと涼しい顔をしている。

「………父親」

振り返った深田が驚きに顔を染める。しかし、すぐに気まずげに眦《まなじり》を下げた。

「もしかして俺、余計なことした？」

「いや。……助かった」

あのまま父親に捕まっていたら、自分がどうしていたか分からない。今まで以上に酷い言葉で拒絶したか、様変《さま》わりした父親への罪悪感に負けて一度家に帰ったか。

「大倉って、親父さんとうまくいってないのか」

深田の顔は真剣そのもので、単純な好奇心から訊いているようには見えなかった。

「……いや。ちょっと、擦れ違ってるっていうか……」

上手い言葉が見つからない。沈黙が続く。

しばらくして、深田が立ち上がった。

「うち来ないか？　すぐそこなんだ」

「え？　いや、でも」

躊躇った千尋に、深田は朗《ほが》らかに笑う。

「突っ込んだ話聞こうとか思ってない。いい時間だし、飯食いに来いよ。彼女が作ってったカレーがあるからさ。あ、カレー嫌いか？」

「嫌いじゃない、けど」

「んじゃ、決まり。んで、どうせならグループワークのこと決めたりしようぜ。ちょうど今日の講義で分からなかったところあるから、それも教えてほしいし」

深田は、少し赤枝に似ている。性格や態度ではなく、世話焼きで誰にでも好かれるところが、よく似ている。最近の余裕のない赤枝ではなく、少し前の赤枝に。いや、赤枝だって普段は以前と同じだ。授業の様子や他の学生に対する態度は、なにも変わらない。

「大倉？」

「なんでもない」

千尋は膝を払って立ち上がる。

「じゃあ、少し寄らせてもらう」

「おうよ」と嬉しそうに答えた深田に、千尋はなぜか少し救われたような気がした。

深田の彼女が作った甘めのカレーを食べた後、グループワークの題材を決めた。さらに講義で深田が分からなかったという部分を説明しているうちに時間は驚くほどの早さで過ぎていき、気が付けば十一時を回っていた。

「そろそろ帰る」

「え、泊って行けよ」

当然のように言われ、戸惑う。赤枝の家に居座っていることを除けば、他人の家に外泊などしたことがなかった。

「彼女用の布団もあるから」

あ、と深田は慌てて付け足す。

「お前が寝るのは俺のベッドな！　彼女の布団は駄目だから‼」

珍妙な主張に、気が抜けた。

「……お前、平和だよな」

「へ？」

「なんでもない」

「下着、まだ穿いてないやつがあるからそれをやるよ。歯ブラシも新しいのあるし、パジャマは俺のジャージでいいだろ。ま、ちょっとでかいかもだけど」

話がどんどん進んでく。クローゼットから取り出されたジャージと下着を言われるがままに受け取る頃には、千尋もそれでいいかと諦めた。正直なところ、友人の家に泊るという一大イベントに、少し心が躍っていた。

深田の家のバスルームは、浴槽と洗面台とトイレが一つのスペースにぎちっと詰まっていた。お湯を溜めてしまったら、どこで身体を洗えばいいのか分からない。仕方なく、千尋はシャワーだけで済ませることにした。

髪を拭きながら部屋に戻ると、困惑した顔の深田が千尋を待っていた。

「なぁ、お前の携帯。ずっと鞄の中で鳴ってたみたいだけど」

鞄から取り出した携帯電話の履歴を見て、千尋は瞠目する。そこには、ずらりと赤枝の名前が並んでいる。二つや三つではない。両手で足りるだろうかという数の着信だ。最初の着信は、風呂に入る前だった。サイレントモードにしていたせいで気付かなかったようだ。驚きに固まっているうちに再び携帯が震えだす。深田に断り、千尋は再びバスルームに戻った。

「はい」

『今、どこだ』

開口一番、鋭い声が飛んできた。

「今ですか？　えっと、……深田の家です」

『深田？　なぜこんな時間に、そんな場所にいる』

電話越しの声がさらに尖ったように感じて、携帯を握る手に力が籠もる。

深田の家に来る経緯《いきさつ》を全て話すわけにはいかない。千尋は、一人暮らしだと赤枝に嘘を吐いてあの部屋に転がり込んだ。父親が迎えに来たと正直に言えば、嘘がばれてしまう。

「……一緒に勉強して、遅くなったから泊まるって話になったんです」

『住所は？』

「住所って、ここのですか？」

『それ以外にどこがある。迎えに行く』

「迎えって、壮介さん今、家にいるんですか？　出張は？」

『帰ってきたんだ』

なぜと訊ける空気ではない。

「じゃあ、俺も帰ります」

終電は終わってしまったが、タクシーなら捕まえられる。

「ここ大学の近くなので、二十分ぐらいで帰れます」

『こんな時間に一人で出歩く気か』

正直に住所を告げて迎えに来てもらっても、深田にどう説明していいか分からない。最寄駅《もより》での待ち合わせを頼むと、赤枝の声は冷たいままだったが、それでも承知の返事が返ってきた。

深田に謝り、濡れた髪のまま駅へと急ぐ。タクシーで駅前までやってきた赤枝は、千尋を睥《へい》睨《げい》したがなにも言わずに乗ってきたタクシーに引っ張り込んで、無言のままマンションに帰宅した。

「……あの、断りもなく家を空けてすみません」

「そんなことはどうでもいい」

赤枝はバスルームからタオルを持ってくると、千尋の頭に被せて濡れたままだった髪をがしがしと拭い始めた。

「あ、あの」

乱暴な所作に、頭がぐらぐら揺れる。

「俺がいなければ、ここに帰らなくてもいいと思ったのか」

「え?」

「お前は、寝床を与えてくれる人間なら俺だろうが深田だろうが構わないのか」

「……壮介さん?」

様子がおかしい。タオルの合間から見えた赤枝の顔は、一度、保住に会ったことを隠そうとした時と似ていた。

「俺が嫌になったのか」

否定する間さえ与えてくれず、赤枝は続ける。

「一緒にいると言っただろう。あれは嘘だったのか？」

「う、嘘じゃないです！」

振りかぶったせいで、タオルが床に落ちる。しかし、二人とも視線をちらりとも逸らさなかった。

「今日は本当に、ただ勉強してたら遅くなって、それだけです」

「お前は、本当は俺から逃げ出したいんじゃないのか」

「そんなこと」

「息苦しいんだろう？」

「……え……？」

紡に『三日月』で指摘された時のようには、すぐに否定することができなかった。

失敗したと悟ったのは赤枝の顔が大きく歪んだからだ。

「親のところに帰りたいのか？　それとも、ここじゃなければどこでもいいのか？」

「お、親？」

「一人暮らしなんて嘘だろう」

驚きに呼吸が止まる。なんで、と口に出さずとも、赤枝は千尋の疑念を察したようだった。

「夏休みが終わってすぐ、学生課で調べた」

「な、なんで、そんなこと」

「お前を奪いに来る可能性のある人間を、知っておくためだ。これだけ警戒していても横から掻っ攫われるんだから、笑えないな」

「深田は、そういうのじゃないです。彼女だっているし」

「そうか」

言葉は納得しているようでも、赤枝の表情は変わらない。

「嘘を吐いたことは、謝ります」

「そんなことはどうでもいい。あれは、俺にとっても都合のいい嘘だった」

赤枝の言葉が理解できない。会話が噛み合っている気がしない。

赤枝が千尋の胸元を引き寄せ、強引に唇を重ねてきた。噛み付くようなキスだった。呼吸さえ奪われてうまく息ができないままに、ソファに引き倒される。

「壮介さん、ちょっと、待って」

押さえ込まれることに本能的な恐怖を感じて、抵抗する。振り上げた手が赤枝の頬を掠った。しまったと思った時には、赤枝の頬に一筋、赤い血が滲んでいた。動揺して抵抗を忘れる。

千尋の上に乗りかかる赤枝は、顔色一つ変えずに頬を親指で拭った。

「ご、ごめんなさい」

「謝る必要はない」

血のついた親指が千尋の唇を撫でる。鉄の味がじわりと口腔《こうこう》に染み渡った。

「んっ」

喘《あえ》ぐ口の隙間を縫って、人差し指が進入してくる。上顎を撫で上げ、舌先を擽られる。口端から漏れた唾液を中指が掬って、そのまま人差し指に沿うようにして進入してきた。

「んぐっ、ん、……んんっ」

二本の指が舌の付け根の柔らかな部分を探るように刺激する。口の中を犯されているかのような感覚に、背筋が震えた。

「勃ってきたな」

耳朶に吹き込むようにして赤枝が囁く。意地悪な笑いを含んだ声音だった。狼狽する千尋を見下ろしながら、赤枝の膝頭が千尋の股を押し上げる。下着の中では、確かに熱が頭を擡《もた》げ始めていた。

「はっ、……そ、壮介、さんっ」

ベルトが乱暴に抜き取られ、ジーンズも下着も下ろされてしまう。

「なぁ、千尋。なんで俺がお前を抱かなかったのか分かるか」

「え？　ちょっと、待ってください、あの、——んあっ」

はだけたシャツに顔を埋めた赤枝が、胸の突起に噛み付いた。甘噛みなどという可愛らしいものではなかった。赤い尖りの周辺に、歯形が付いている。自分で付けた跡を気の毒がるように、赤枝は熱心に歯形の跡を舐る。

「ん、ふっ、そ、すけ、さん、なんで」

なんでこんなことをするのかと尋ねたつもりだったが、返ってきた答えは望んだものではなかった。

「抱き潰しそうで怖かったんだ。嫌がるお前を押さえつけて、犯し尽くしそうで、……怖かった」

唾液でベトベトになった指が、後孔を探る。

「ひぁっ」

前には触れず、突然後ろを弄《まさぐ》られるのは、初めてだった。

「大事にしたいんだ、お前のことを」

耳朶に吹き込まれる声は、火傷《やけど》をしそうなほどの熱を孕んでいる。

大事に。赤枝は、最初からそう言ってくれていた。

「なのに」

「ああ……っ」

セックスの度に慣らされた窄まりが、つるりと指を飲み込む。心は怯んでいるのに、身体は素直に赤枝を受け入れてしまう。

「ひ、あ、あ、そこ、い、いやだ」

千尋の中を知り尽くした指が、奥へ奥へと入り込む。熱の湧き上がる場所を何度も擦られて、大きく身悶《みもだ》える。浅く呼吸する口の端からとろりと漏れた唾液を、赤枝が舐《な》めとった。

「嫌か？　本当に？」

唇が戦慄く。本当に嫌なのだろうか。分からない。頭の中はぐちゃぐちゃだ。

いつの間にか増えた指が、くぱりと後孔を広げる。赤枝が喉で笑った。

「今まで時間をかけた甲斐があったな」

指が引き抜かれる。赤枝はスラックスの前を寛《くつろ》げ、猛《たけ》ったものをひくつく千尋の後孔に当てがった。潜り込むように熱が入り込んでくる。

「ま、待っ、」

指で探られても、恥ずかしいとは思いこそすれ、恐怖を感じたことはなかった。けれど今、自分でも驚くほどに、怖い。

「そ、……すけ、さっ……」

怖い。怖いのに、なぜだろう。千尋の屹立は萎えることがない。だらしなく先端から先走りを零し続けている。

ずくずくと押し入ってきた熱は、やがて最奥を突いた。

「——あ、あ、んん、……やめ、……っ！」

脳が揺さぶられたような気がした。全身を熱い痺れが駆け抜け、背筋が撓《しな》る。無意識に下腹部を赤枝の腹に擦り付けた途端、千尋の昂りが白濁を放った。

なにが起こったのか、自分でもすぐには分からなかった。

赤枝がくつくつと笑う。

「挿れただけでイったのか？」

残酷な声音だった。胸が苦しくなる。

「……ないで、ください。見な、いで」

途端に感情が弾けて、目の奥が燃えるように熱くなった。

「ひっ、うっ」

嗚咽が漏れる。

「泣くな。悪いことじゃない」

赤枝が囁きながら、瞼《まぶた》にキスをする。今しがたの残酷な響きが嘘のように、優しい仕草だった。しかし、その優しさに安堵する間もなく、ずん、と身体の奥を押し上げられた。

「ひぁっ」

圧迫感に身が竦み、ぐっと中が絞まる。ああ、と赤枝が声を上げた。

「熱いな。お前の中は」

結合部分からぐちゅぐちゅと音がする。律動《りつどう》に思考がついていかない。しかし、白濁を吐き出したばかりのはずの昂りは、再び頭を擡げ始めていた。

揺らされ、抉られ、突き上げられる。千尋はすすり泣きながら赤枝に両手で縋った。

「そ、すけ、さん、壮介、さん、んん、ふぁ、――んぁっ」

悲鳴じみた嬌声《きょうせい》しか上げられない。

二度目に千尋が達した時、身体の奥にもどろりとした熱が吐き出された感覚があった。

「う、……あ」

赤枝がこちらを見下ろしている。最奥で達したはずの昂りを抜き出す気配はない。

「お前が頼るのは、俺だけでいい」

「……壮介さん、だけ?」

「そうだ。家族も、友達もお前には必要ない。俺だけいれば、いいだろう?」

赤枝の目は、千尋を映していないように見えた。あんなに真っ直ぐに千尋を見てくれた瞳が、今はなにを見ているのか分からない。

自分は、赤枝に愛されているはずだ。嘘でも愛されているはずだ。なのに、どうしてだろうか。今向けられている感情は、愛よりもずっと、憎しみに近い気がしてならない。これが愛だというのならば、狂気じみている。嫌われてしまったのだろうか。指輪は確かに千尋の手にあるのに。なぜ。分からない。

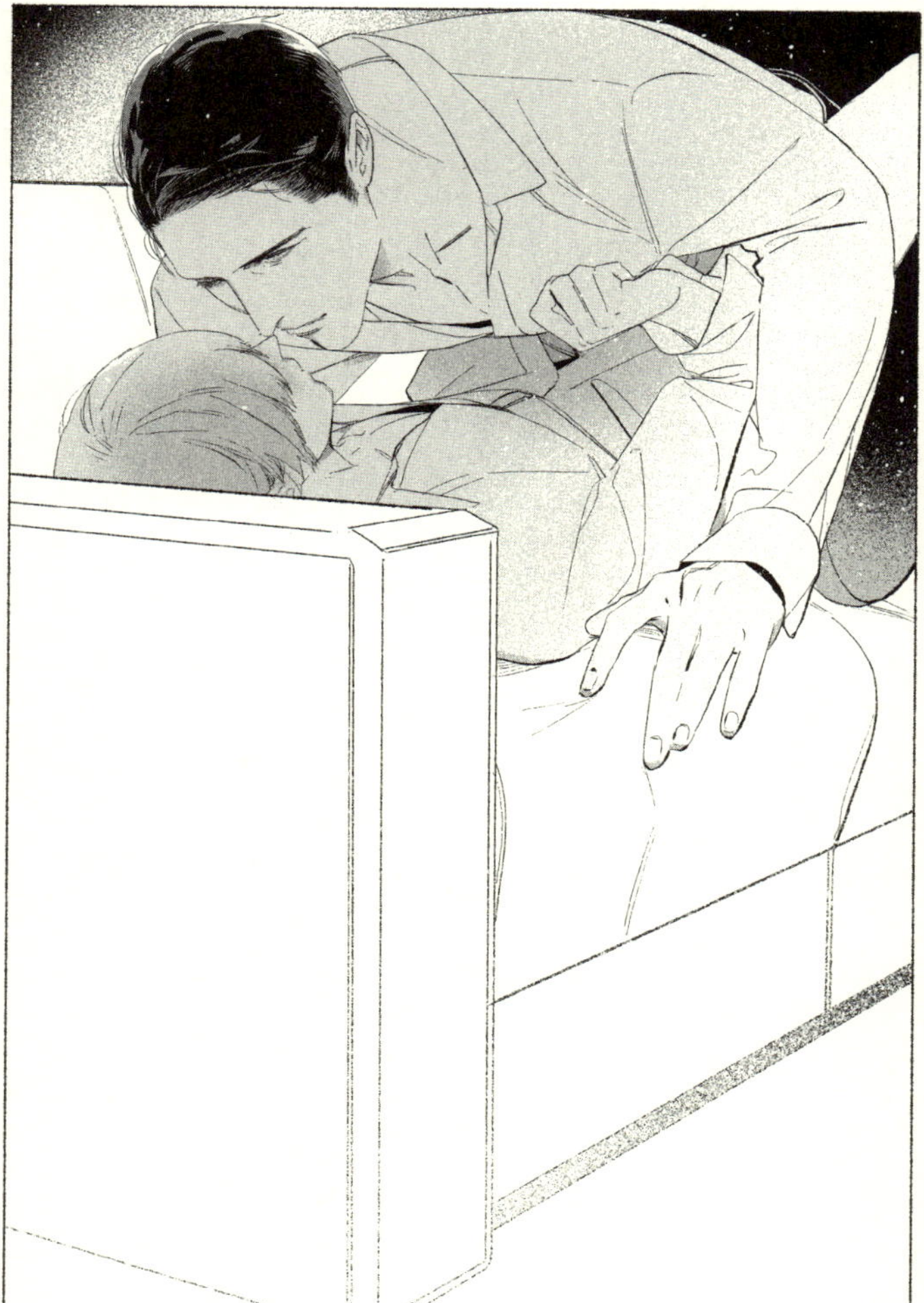

収まりかけていた嗚咽が再び漏れ始める。

「ひ、独りでいろって、言うなら、そう、します」

赤枝が望むなら、それでいい。

「だ、誰とも友達にならないし、家にも、帰らない。今まで通りでいるから、だからっ」

千尋は酸素を求めて何度も息を吸ったが、浅い呼吸だけではちっとも楽にならなかった。

「壮介さんの、言う通りに、するから」

だから、

「き、嫌いに、ならないで、ください」

一番訴えたい言葉は、蚊の鳴き声のように小さくなってしまった。

「俺のこと、き、……嫌わない、で」

一度得た愛を手放すことは、あまりにも恐ろしい。

矛盾している。偽物の愛に罪悪感を抱えながら、それでも嫌いになってほしくないなんて。

ともすれば音にもなっていないような小さな千尋の声は、しかし、確かに赤枝に届いたようだった。赤枝はまるで頬を叩かれたかのような顔で固まった。

「……違う」

身体が後退し、中に入っていたものがずるりと引き出される。一瞬だけひっそりと背を伝った微かな快楽を、千尋は吐息と一緒に飲み下した。

「そうじゃない」

赤枝は「違う」と繰り返す。静かに混乱しているようだった。

「お前の選択の幅を狭めるようなことをするつもりはない。……ない、んだ。なのに、……くそっ」

どん、と大きな音がした。赤枝が壁を殴りつけた音だった。

「俺は、……なにを、……なんで」

「壮介さん」

大丈夫です、俺は気にしていませんと、抱き締めたい。けれど、なぜか手を伸ばすことができなかった。赤枝が全身で拒否しているように見えたからだ。

しばらく、二人ともなにも言わなかった。部屋は静かで、時折、外から電車の音が響いてきた。どれくらいそうしていただろうか。初めに動き出したのは、赤枝だった。

「身体を、洗おう」

乱れた服を整え、ソファから降りる。動作はまるで泥人形のように緩慢だった。

「お前が不快に思わないなら、洗わせてくれ」

「不快なんかじゃ、ないです」

「乱暴にはしない。……絶対に」

千尋は静かに頷いた。しかし、赤枝の呟きが自分へ向けられたものではなく、赤枝が己に言い聞かせたものだと、今までの経験で悟っていた。

千尋の身体にこびり付いた精液を温めのお湯で流す赤枝の手つきは、本人の言った通り乱暴さの欠片《かけら》もなかった。それどころか、まるで壊れ物を扱うかのように丁寧で、千尋が呻き声の一つでも上げれば、きっとすぐに離れてしまっただろう。

お湯を溜め、二人でバスタブに入った。赤枝の胸に凭《もた》れかかっていると、ソファで過ごしたあの時間が嘘のように穏やかな気持ちになった。

「悪かった」

千尋の肩口に赤枝が顔を埋め、呻くように告げる。

「あんなことをするつもりも、言うつもりもなかった。お前のことは大事にしたいと、ずっとそう思ってたんだ。なのに」

ぽちゃんと、蛇口から水が落ちる。

赤枝はまた黙り込んだ。千尋は急かすことはせず、ただ赤枝が口を開くのを待った。自分になにか告白しようとしていることは、明らかだった。

「俺は、重いんだ」

言葉以上に重い声音で、赤枝が告げる。

「俺のせいで、保住は、……死にかけた」

ぞっとするような美しい笑みを浮かべる男が、脳裏に蘇る。

「……死……？」

「聞いてくれ。……嫌でなければ」

千尋は浅く頷く。赤枝は額を千尋の肩に当てたまま、緩慢な口調で話し始める。

「俺の父親は、真面目で厳格な人間だった。家では父親と話す時、歯を見せることさえ許されなかった」

「歯、ですか？」

「笑うと殴られたんだ。ヘラヘラするなと」

驚きに千尋は息を呑む。最低だと断言できる自分の父親でさえ、手は上げなかった。

「父親は絶対的な存在で、母親も俺も言いなりだった。ルールに背けば殴られたが、理不尽に暴力を振るわれたことはない。父親の言うことは、多少偏《かたよ》ってはいても正論ばかりだった。俺は、父親の敷いたレールの上を疑問も持たずに歩いていた。……自分が異性に興味を持てないと自覚するまでは」

「いつ、自覚したんですか」

「中学生の頃だ。その頃から、家にいることに息苦しさを感じ始めた。俺の中に植えつけられた正論も、俺を苦しめた。一人っ子である俺は、いずれ女と結婚して赤枝家の子孫を残すべきだと思っていた。何度か同級生の女子と付き合ってもみたが、どれも上手くいかなかった。情けないことに、手を繋ぐことさえできなかったんだ」

赤枝の溜息がバスルームに響く。

「父親の望む高校に入り、大学も就職も似たようなものになるんだろうと自暴自棄になっていた時、……保住に出会った。あいつは父親が薦める大学の学生で、家庭教師として家に来た」

「……家庭教師」

千尋の中で、いくつかの赤枝の言葉が繋がる。家庭教師に影響を受けて、赤枝は文学の研究者になった。赤絵の人生に、あの男はそこまで食い込んでいる。

「保住は俺が抱えている苦痛に気が付いて、自分も同じだと言った。……生まれて初めて、キスをした」

やめてくれと、胸中で叫ぶ。そんな話は聞きたくない。今すぐ、耳を塞いで逃げ出してしまいたい。

千尋は自分の膝をぎゅっと抱き締めた。

「今にして思えば、保住でなくてもよかったのかもしれない。俺は、誰かに受け入れられたかった。間違っていないんだと言って貰いたかった。保住がそうしてくれたことで、俺はやっと息ができたような気がした」

もういい。話さないでくれと言い出しそうになる唇を、ぐっと膝頭で押さえる。

「保住の存在は、雁字搦《がんじがら》めになっていた俺にとって麻薬だった。俺は、どんどん保住に傾倒していった。保住も俺を好きだと言った。大学生になって、二人で暮らし始めた。……その頃から、保住の様子がおかしくなった」

「おかしくって？」

「浮気を繰り返すようになったんだ。男女見境なく手を出した」

あの容姿であれば、相手に困ることはなかっただろう。

「友人に手を出されたこともある。帰ったら浮気相手と寝ていたこともある。俺が激昂《げきこう》し保住は謝り、しばらくしてまた同じことが起こる。そんなことの繰り返しが、何年か続いた。保住は、俺がどんなに頼んでも諭しても、浮気をやめなかった。俺が束縛しようとすればするほど、奔放《ほんぽう》になっていった。耐え切れなくなった俺は、保住から家の鍵を取り上げて、……軟禁した」

ぽちゃんと、お湯が鳴る。

「軟禁、ですか」

「訳が分からなくなっていたんだ。四六時中監視して逃がすまいとした。そんな無茶な生活が一週間続いて、保住は……」

ひゅっと赤枝が息を呑む。長い沈黙があった。

「……保住は、自殺しようとした」

驚きに固まってしまった千尋の後ろで、赤枝が苦しげに続ける。

「俺の執着が、保住を追い詰めた。このままでは保住を本当に殺してしまう日が来ると思った。病院に駆けつけた家族に保住を託《たく》して、俺は保住の前から消えた。……これで、全部だ」

なにか言わなければと思うのに、舌が縺《もつ》れて言葉が出てこない。

「この話をしたらお前が逃げ出すと思って、できなかった」

赤枝は、千尋に返事を求めない。むしろ千尋の言葉を聞くまいとしているようでさえある。

「誰かに依存することも追い詰めることも、懲り懲りだった。だから俺は、もう一生恋愛なんてする気はなかったんだ。……だが、お前が現れた」

違う。

「お前は、驚くほどあっさりと俺の心に住み着いた」

違う。

「気が付いた時には好きで好きで、……仕方がなかった」

違う。それは、作られた感情だ。全て、千尋が仕向けた感情だ。

「お前に想いを告げた時、俺はお前のことを大事にしようと強く心に決めた。保住の時とは違う。もっと穏やかに慈しもうと思った。なのに」

お湯の中で赤枝が拳を握りしめた。

「俺は、お前から離れた方がいいのかもしれない。今だって、お前のことを閉じ込めたくて、俺だけのものにしたくて仕方がない。……泣かせたくなんて、ないのに」

泣き出しそうなのは、赤枝の方だ。

「手放すなんて、できない」

愛の告白が、悲しく響く。ごめんなさいという言葉を飲み込むために、千尋は痛いほどに唇を噛み締めた。

「……怖いんだ」

そう告げる赤枝の声は、幼い子供が暗闇に一人で取り残されたように頼りない。

千尋は、ごめんなさいと心の中で繰り返す。

赤枝はずっとなにかを怖がっていた。そのなにかは、赤枝自身だったのだ。自分の中の欲望とずっと戦って、恐れていた。

「俺は、お前を追い詰める。縛り付けて、傷つける。お前を愛しているなら、この手を放すべきなんだ。それなのに、お前が保住のように死にかけても、……きっと俺は、お前を放してやれない」

――その指輪は、人が理性で抑え込んでいる欲望や願望も、愛と一緒に引き出してしまう。

頭の中に、老婆の声がこだまする。

ずっと見つからなかった、パズルの最後の一ピースを見つけた。違う、見つけてしまったのだ。自分で隠して、見ないふりをしていたものを。愛が暴走するという言葉の意味を、千尋はもうとっくに理解していた。

保住が自殺を図った時、赤枝はまだ保住のことを愛していたはずだ。それでも、赤枝は保住と離れた。きっと、普段の赤枝ならそうできたのだ。千尋とも離れられただろう。

そもそも、千尋は保住のように浮気を繰り返してはいない。赤枝を不安にさせるようなことはしていない。それなのに、赤枝はどんどん疑心暗鬼に陥り、千尋を信用できなくなっていった。千尋が、まともな思考と理性を剥ぎ取ってしまったからだ。

千尋は己の左手を見る。薬指に嵌る指輪。鈍く怪しげな輝きを放っている。

こんなもので赤枝の心を縛り付けたせいで、赤枝が苦しんでいる。これは、王子様を導いてくれる硝子《ガラス》の靴ではない。千尋の前に現れたのは魔法使いではなく、悪魔だった。

——指輪を外せば代償を支払うことになる。

嫌われたくない。赤枝に突き放されることを考えただけで背筋が凍る。嫌だ。赤枝の愛情を手に入れたあの時、やっと手に入れたと泣きたくなった。本当に、やっとだったのだ。二十年求めていたものを、最愛の人によって与えられた。

壮介が好きだ。きっと、その想いは誰にも負けない。嫌われたくない。

「壮介さん」

でも、それ以上に、

「俺、壮介さんのことが大好きです。だけど、……だから、話さなきゃいけないことがある」

赤枝を苦しませたくない。

「別れ話なら、」

赤枝が身じろぐ。

「違います」

千尋は間髪《かんはつ》容《い》れずに否定した。結果的には、そうなってしまうのだろうが。別れを望むのは千尋ではない。赤枝だ。

「俺は壮介さんが、望んでくれるならずっとそばにいます」

ゆっくり振り返る。赤枝は眉根をよせて、つらそうな顔をしていた。

「大丈夫です。壮介さんが苦しむ必要なんてなにもない」

両手で赤枝の頬を包み込む。

「今日はもう、これ以上はなにも考えずに眠りましょう」

起きたら、魔法は解けるから。

心の中で呟いて、千尋は精一杯笑ってみせた。

13

翌日は太陽の昇る前に起きた。赤枝が眠っていることを確認し、できる限り音を立てないように注意しながら私物をまとめ、マンションの一階にあるゴミ捨て場から適当な段ボール箱を選んで荷物を詰め込んだ。近場のコンビニに宅配として預け、帰って来る頃になると日が昇り始めた。

不思議と気持ちは落ち着いていた。

ローテーブルの上に、いつか買った文庫本を置く。贈り物として買ったのに、渡せないままになっていた。まとめた荷物の中に入れるべきか迷ったが、結局置いていくことにした。必要なければ、赤枝が捨てるだろう。

ベランダで朝日を眺めていると、最初にこの部屋に足を踏み入れた日のことが脳裏に蘇った。眼下に臨《のぞ》む川。並ぶ木々。春は一面桜色になるのだと赤枝が教えてくれた。残念ながら、ここから咲き誇る桜を見ることはなさそうだ。

「……なにしてる」

いつの間にか、赤枝が後ろに立っていた。こんなことまで、あの時と同じだ。

「先生」

振り返って、笑う。上手く笑えていることを心底願っていた。

「先生はなにも悪くないんです。怒ったり悲しんだり苦しんだり、そんな必要全然なかったんです」

赤枝が眉を顰める。

「昨日の話の続きなら、」

「全部、俺のせいなんです。先生は、本当は俺のことなんて好きじゃない」

「……なにを言ってる？」

「これ、見てください」

千尋は左手を赤枝の前に翳《かざ》した。銀色の指輪が、背後の朝日から光を受けてキラキラと輝いている。

「これ、魔法の指輪なんです」

与えてくれたのは悪魔だった。それでも千尋はよかったのだ。奇跡をくれるなら、魔法使いでも悪魔でも、なんでも構わなかった。奇跡に選ばれたことが嬉しかった。赤枝にとっては、迷惑この上ない話だが。

「嘘みたいな話だけど、でも本当にそうなんです。これをしてると、自分の好きな人から好かれるようになるんですよ」

赤枝の顔から戸惑いが薄れ、代わりに険が現れた。

「からかってるのか」

「真剣です。頭がおかしいと思ってもいい。だけど、今は聞いてください」

赤枝は承服しかねるという様子だったが、黙って千尋の言葉を待っていた。

「先生が俺のことを好きなんじゃない。俺が、先生のことを好きだったんです。ずっと、……好きだった」

実るはずのない片思いだった。歯車は、いつ狂ったのだろう。千尋が指輪を嵌めた時、老婆から指輪を押し付けられた時、『三日月』で赤枝と遭遇した時、魔法使いの出現を夢想した時、それとも、赤枝を好きになった時――。

「この指輪を、今から捨てます」

赤枝は睨みつけるように千尋を見ている。気圧されて、冗談でしたと笑うことは簡単だ。そうしないために、出て行く準備は全て終えた。

「きっと、先生は俺のことなんて少しも好きじゃなくなる。それどころか、」

嫌いになる、とは口に出して言えなかった。

「でもそれが、先生の俺に対する本当の気持ちなんです」

不思議と、緊張はしていなかった。翳していた手から、指輪を抜き取る。あんなにぴたりと嵌っていたのに、するりと簡単に抜けてしまった。

数ヶ月間、ずっと千尋の薬指に嵌まっていた指輪。気にしないようにしようとすればするほど、いつも視界の端で光っていた。千尋の罪を責めるように。

抜いた指輪を一度だけ強く握り締め、赤枝に背を向ける。大きく振りかぶり、力いっぱい放り投げた。指輪は綺麗な放物線を描き、眼下を流れる川へと吸い込まれていった。水に落ちる音は聞こえなかった。川は、朝日を受けてキラキラと輝いている。

千尋は、ゆっくりと振り返る。赤枝は呆然とした表情で千尋を見ていた。まるで、魂の抜けたような顔だ。

「先生」

千尋はごくりと唾《つば》を飲み込む。緊張で、唇が震えた。

「先生。俺のこと、………好きですか？」

　こんなに勇気を振り絞ったのは、生まれて初めてだ。

　赤枝は黙っている。黙って千尋を見つめたまま、眉一つ動かせないでいる。しかし、微動だにしない表情の中に、混乱がじわじわと広がっているのは確かだった。

「好きじゃない、……ですよね」

「なにが、いや、そんな馬鹿な話があるか」

「俺もそう思います。でも、今の先生の気持ちが証拠になると思います」

　赤枝は黙り込む。

　ああ、と千尋は心の中で呻いた。失ってしまった。あれほど手放すまいと思ったものを、放り投げてしまった。

「意味が分からない。……指輪が、なんだと？　……お前が俺の気持ちを勝手に……？」

「そうです。魔法じゃ納得できないなら、暗示や催眠だと思ってください。俺は、先生が俺のことを好きになるように暗示を掛けたんです。先生に好きになってもらいたくて。先生のことが、……好きだったから」

「……好きだったから？」

　赤枝の眉がぴくりと引き攣る。

「お前の話は、納得できないことばかりだ。あんな指輪一つで人の気持ちが左右されるなんて馬鹿らしい。馬鹿らしいってのに」

冷えた風が、二人の間を吹き抜ける。

「俺は確かにお前が好きだった。自分のものにしたくてたまらなかった。それは確かだ。確かなのに、今、驚くほどに、……お前は、ただの他人だ」

心臓が嫌な音を立てる。

「おかしな気分だ。……夢から覚めたような」

そう、夢だったのだ。この数ヶ月の出来事は、千尋にとって都合のよい夢物語だった。赤枝にとっては、悪夢だろう。

戸惑いながらも、赤枝は千尋を真っ直ぐ見つめている。真実を探しているようだった。

「……本当なのか？」

迷わずに、頷く。もう引き返すことはできない。指輪は冷たい水の中だ。

「先生は、最初から最後まで、俺のことなんて好きじゃなかった。ただ俺が、ずっと片思いをしてたんです」

赤枝が唇を歪める。戸惑いの表情は緩やかに、嫌悪に染まっていった。

「好きだったから、好きになってもらいたかったと言ったな？　好意を持っていれば、なにをしていいとでも思っているのか？　他人の気持ちを捻じ曲げる免罪符になるとでも？」

「そうじゃありません！」

千尋だって半信半疑《はんしんはんぎ》だった。お守りを鞄に付けるような軽い気持ちだったのだ。豹変《ひょうへん》した父親を眼前に突きつけられるまでは。いや、それでも完全には信じきれないでいた。赤枝を手に入れてやっと、本物なのだと確信した。確信してすぐに外せばよかったのかもしれない。老婆の言っていたことが全て事実だとするならば、指輪を捨てるのが早ければ早いほど傷は浅かっただろう。けれど、一度手に入れたものをすぐに捨てられるほど、千尋は冷静でもなければ愛に満たされてもいなかった。結果、ひどく赤枝を苦しめた。今も、苦しめている。

「……帰れ」

赤枝が眉間に指を当てながら、低い声で告げる。もう千尋のことは見ていなかった。

「先生、俺は」

「帰ってくれ。混乱してるんだ。お前がここにいると、もっと混乱する」

赤枝の反応は想像していた通りのものだったが、やはりショックは大きかった。心が押し潰されそうだ。それでも唇を引き結び、しっかりとした顔つきで赤枝の前を去る。この場で自分が泣くことは許されないと、知っていた。

二十年、住居としている安普請のアパート。ここが、自分には似合いの場所だ。

玄関前に立つと、俄《にわか》に緊張してきた。指輪の反作用があるのは赤枝だけではない。この数ヶ月、ここで千尋を待ち続けたであろう男も、今頃、千尋を疎んでいる。このまま帰って来なければいいと思っているはずだ。

震える手でノブを回す。鍵はかかっていなかった。

「……ただいま」

半ば自分に言い聞かせるように呟き、玄関を上がる。父親は居間にいた。卓袱台の上には空になった食器が並んでいる。

振り返った父親と、視線がぶつかる。

「父さ、」

ん、と続ける前に、片膝を立てた父親が千尋の胸元をぐいと引っ張った。次の瞬間には壁に背中を打ち付けていた。一瞬、呼吸が止まる。殴られたのだと分かったのは、ささくれ立った畳にずるずると尻餅を付いてからだった。

「俺にあんなみっともない真似させておいて、よくものこのこと帰って来れたもんだな」

口の中に鈍い味が広がる。歯で口内を切ったのだろう。

「俺もどうかしてたぜ」

見下ろしてくる目には、憎悪《ぞうお》があった。

「……俺、父さんに好かれたかったんだ」

「あぁ？」

「ずっと、自分の気持ちを見ない振りして、だから、父さんが俺に頭を下げた時、本当は嬉しかった。嬉しかったのに、」

喜んでしまった自分を受け止めきれずに、目を逸らした。父親から好かれたいと望んでいる。それはつまり、自分が父親を好きだったということだ。

「……ごめんなさい……」

赤枝にしたように、千尋は父親の感情も捻じ曲げた。こちらを向いてほしいと望み、向かれたら向かれたで、復讐のように素気無《そっけな》くした。復讐じゃない。あれは、甘えていたのだ。自分の傷を父親に思い知ってほしかった。

「お前さぁ」

ぐっと前髪を掴まれる。容赦のない手つきだった。

「どうでもいいけど、今、いくら持ってんだよ」

聞き慣れた言葉だ。酷いことを言われているのに、なぜか少しだけ安堵した。

「……そんなに持ってない」

溜めていたバイト代は、奨学金用の通帳に振り込んでしまった。

「いいから、出せよ」

ポケットに入っていた財布を差し出すと、父親は札だけ全て抜き取って、財布を畳の上に打ち捨てた。そのまま千尋を一瞥することもなく、外へと出て行ってしまう。

暗く汚い部屋に一人取り残される。以前は慣れた状況だった。今は、胸が張り裂けそうだ。

乾いた笑いが漏れる。自業自得だ。

全てを失ったような虚無感が身体を支配している。けれど、千尋は実際にはなにも失ってなどいない。手に入れたはずの、ずっと求めていた愛情は、最初から千尋のものではなかったのだから。「借りたものは返さなければいけない」と老婆は言っていた。全て、借り物だった。それを返しただけだ。

「はは、ふ、……うっ、……く」

力のない笑い声は、いつの間にか嗚咽に変わっていた。泣くなと自分に言い聞かせても、抑えきれない虚《むな》しさが溢れて、頬を伝った。

罪悪感と後悔と、そして寂しさに押しつぶされてしまいそうだ。

千尋は声を押し殺して、一日中泣いた。


翌々日、キャンパスを歩いていると、後ろから「大倉ーっ！」と大声で呼ばれた。深田だった。友人達と一緒にいる。集団の中から抜けて駆け寄ってきた深田は、「心配したんだぜ」と千尋の背を叩いた。

「心配？」

「一昨日《おととい》のことだよ。話聞こうとしたら昨日は休むし！　メールしても返ってもないし！」

顔を覗き込んできた深田は、眉間に皺を寄せる。

「ってか、どうした？」

「なにが」

「顔だよ。どうした、それ」

泣き腫《は》らした目も切れた口元も、朝、鏡で確認している。どんなにみっともない顔をしているかは、千尋本人が一番良く分かっていた。

「どうもしない」

「どうもしないでそんなんになるかよ」

深田は、本気で心配しているようだった。

「お前、……いいヤツなんだな」

思わず、本音が漏れる。

「は？　なんだ、いきなり」

「いや。なんでもない」

変わらない深田の態度に、千尋は安堵していた。赤枝に嫌悪され父親に殴られ、それだけでもう充分だった。

「なぁ、まさかとは思うんだけどさ、……その顔、……付き合ってる人に暴力振るわれてるとかじゃないよな」

驚いたが、千尋はおくびにも出さず答える。

「付き合ってる人なんていない」

「……そうなのか？　じゃあ、あの時の父親か？」

千尋は首を横に振り、まだ食い下がってきそうな気配を察して「そんなことより」と強引に話を変えた。

「実行委員の手伝いなんだけど、止めさせてくれないか」

「えっ、なんでだよ」

「……もう、やりたくないんだ。もう作業の終わりも見えてるし、いいだろ」

文化祭まで一ヶ月を切っている。大道具の仕事は、九割方終わっていた。

「ここまできたら、最後まで一緒にやろうぜ」

「元々、人手不足だからって話だったはずだ。できる範囲でいいって深田も言ってただろ」

「そりゃそうだけど、だけど」

「悪いけど、もう図書館に行くから」

深田の返事も聞かずに歩き出す。こちらを窺っていた深田の友人達が、不快気な声を上げた。

「なぁ、深田ー。お前、大倉、本当はいいやつとか言ってたけど、全然じゃね？」

「相変わらず感じ悪いよな～」

深田は黙っていた。視線を背中に感じたが、千尋は振り返ることなくその場を後にした。

14

真面目そうな面立ちの男が、うーん、と唸《うな》る。男の頭上には「文学部学生課」と書かれたプレートが、天井からぶら下がっていた。

「でも、もう履修してしまっているからなぁ。授業が始まってから、やっぱり嫌ですはさすがに通らないよ。そんなことがないように、最初の一週間がお試し期間になってるんだから。まぁ、君、法学部の学生なんだろう？　こんなこと言ったらなんだけど、他学部の授業をいくつか落としたところで、別に支障はないんじゃないか？」

「……そうですね」

千尋は浅く頭を下げ、その場を後にする。

空は厚い雲に覆われていて、夜空はいつも以上に暗い。五限目の後だけあって、キャンパスは閑散《かんさん》としている。

文学部の校舎には、できれば来たくなった。それでもこうして足を運んだのは、履修届けを取り消せないか尋ねるためだ。後期、赤枝の授業を三つ履修している。だからといって、このこと顔を出せるはずがない。無断欠席のまま、一週間が経ってしまった。このまま授業に出られないなら、いっそ履修を取り消せないかと思い至ったのは数日前だ。授業に関する決まりは学内共通だろうと踏んで、最初は法学部の学生課に行った。しかし、対応した職員が悪かったのか、文学部の授業のことは文学部に聞いてくれと素気無くされてしまった。

この一週間、千尋の日常は退屈で色味のないものに戻っていた。以前と同じようで、少し違う毎日。

父親はなにかある度に千尋に手を出すようになった。それでも、ほとんど無視されていた頃よりはいいのかもしれないと思うことがある。憎悪でも向けられていた方が、自分が確かにそこにいるのだと感じられる。深田とは言葉を交わすものの、グループワークをこなす上で最低限のことだけに努めた。元々、深田は友達が多い。千尋が深田に距離を置こうとすれば、自然と間に他人が入ってきて二人を遮った。『三日月』には行っていない。行けるはずもない。紡から何度かメールが来たが、返事はしなかった。

味気ない日々を不満に感じはしない。誰もが等しく、夢からは覚める。それは当たり前のことだ。最初はつらくても、きっとそのうちに慣れていく。慣れていかなければならない。

時間も時間だ。法学部の校舎には戻らず校門へ向かう。掲示板の前を通りすぎたところで長身の男の姿が目に入り、千尋は足を止めた。会いたくない、もう顔を見ることさえできないと思っていたはずなのに、立ち姿を見ただけで胸が跳ねる。

どうやら直前まで電話かメールでもしていたのだろう。じっと携帯電話を見つめている。精悍な横顔には、疲れが滲んで見えた。

「先生」

呟きはあまりに小さく、相手に届いたはずはない。それでも赤枝は顔を上げた。視線がぶつかる。

「あの」と、千尋は思わず口を開いた。

「大丈夫ですか」

尋ねてから、止めておけばよかったと後悔する。赤枝が、微かに目を眇めたからだ。

「……聞いていたのか」

「え？　あ、いえ。なにも聞いてません」

「じゃあなぜ、大丈夫かなんて聞いた」

千尋の言葉を信じているのかいないのか、赤枝の表情から読み取ることはできない。正直に告げていいものか迷い、しかしこれ以上疑われることに耐えられずに千尋はそっと口を開く。

「……少し、疲れているように見えたので」

少なくとも、千尋から解放されて晴れ晴れとした毎日を送っているようには見えない。それとも千尋が現れたことで顔を曇らせてしまったのだろうか。

赤枝は眇めた目を戻さない。痛みに堪えるような顔のまま、じっと千尋を見つめている。

「大倉には関係ないことだ」

ばっさりと心を切りつけられたような気分だった。傷ついた顔を赤枝に見せまいと、千尋は俯く。

「……すいません」

「なにを謝る」

「声を掛けてしまったので」

赤枝は無言で千尋を睥睨し、やがてあからさまな溜息を吐いた。びくりと千尋の肩が竦む。

「関係ないと言ったのは、本当に大倉が気にするようなことじゃないからだ。必要以上に刺々しい言い方になっていたなら謝る」

ただでさえ開いている距離が、謝罪によってさらに開く。赤枝が千尋に近づくことを許している距離は、今や一般の学生よりもよほど遠く離れていた。

「先生が謝るようなことじゃありません」

掲示板を照らす電灯が、カチカチと瞬いた。

「……お前のことに関しては、俺の中でまだ処理が追いついていない。自分の気持ちが人に操られていたなんて考えただけでもゾッとする。まるで御伽噺《おとぎばなし》だが、信じないと自分の心境の変化に説明がつかない。お前の話が真実なら、俺はお前を許せない」

赤枝は、淡々と告げる。

「大人気ないと誹《そし》られようと、どうしようもない。お前を好きだと思った時もそうだった。自分ではどうしようもなかった」

平坦な声が、余計に胸に刺さった。

「俺はこれ以上、無様な大人になりたくない。だから大倉」

「はい」

断罪を待つように、重々しく頷く。

「今後、俺を見かけても声を掛けるな。講義に出るなとは言わない。授業を受けるのは、学生の権利だ。ただ、……俺に個人的に近づくことはやめてくれ」

やっぱり、文学部の校舎になど来なければよかった。

赤枝の気持ちなど分かりきっている。それでも直接告げられると、想像以上に胸が苦しくなった。

「……………はい」

応えた声は小さすぎて恐らく赤枝には届かなかっただろう。しかし赤枝は千尋の反応を確かめることもなく、背を向けて歩いていってしまった。

ぽつ、と水滴が頬を打つ。しまった、と顔を拭った。自分が泣き出してしまったと思ったからだった。それは、涙ではなかった。ぽつぽつと次いで、水滴が落ちてくる。千尋は空を見上げた。黒い雲が、千尋の上に次々に雫を落とす。

雨足が早まって全身ずぶ濡れになっても、千尋はその場から動けなかった。

雨は数日間降り続いた。十月に入っても微かに残っていた夏の気配は完全に消え去り、秋を飛び越えて冬のような寒さになった。

壁の向こうから女性の嬌声が聞こえる。父親が、また知らない女性を連れ込んでいるのだ。

しかし、外に逃げ出す気力が今の千尋にはない。雨に打たれた次の日から、いやに身体が怠《だる》かった。己の不調を見ないふりで数日過ごすうちに倦怠感は悪化した。

冷たい布団に包まって、耳を塞ぐ。身体を丸めていると、自分が一人であることを殊更に思い知った。気怠さに反して、眠気はやってこない。嫌になるほど頭が冴え冴えとしている。

いつの間にか壁の向こうは静かになっていた。

喉の渇きを覚え、よたよたと立ち上がる。居間には父親がいた。煙草を片手に競馬新聞を見ている。覚束ない足取りで台所に向かう千尋を、ちらりと振り返ることもしない。

周囲には女の匂いが漂っていた。よほど強い香水をつけた女性だったのだろう。甘ったるい香りは、かつて自分を置き去りにした化粧の濃い母親と、言葉にたっぷりの毒を仕込んだ保住を同時に思い起こさせた。不快だ。

「なぁ、やめろよ」

熱と怠さに苛立ちが加わったせいで、我慢が限界に達した。

「ああ?」

父親がこちらを振り仰ぐ。

「女、連れ込むの」

「お前に関係ねぇだろうが」

「相手が恋人だってなら、俺だって文句は言わない」

「恋人だぁ？」

ちゃんちゃらおかしいとでも言いたげに、父親は鼻を鳴らす。

「んなもん作るかよ。面倒くせぇ。愛だ恋だなんて、アホらしいんだよ」

似たような言葉を、千尋はよく知っている。かつて、自分が自分に幾度となく言い聞かせてきた。

「……アンタ……」

千尋は、はっと息を呑んだ。

千尋を捨てた母親。けれど、彼女が素気無く捨て去っていったのは、千尋だけではない。

「アンタ、寂しいのか……？」

言った瞬間、しまった、と臍《ほぞ》を噛んだ。しかし遅すぎる後悔だった。吐き出した言葉は決して元には戻らない。苛立っていた父親の瞳に、さらに怒りが加わる。

「お前に、なにが分かる！」

思い切り振り上げられた拳が、千尋のこめかみを打った。脳みそを直接殴りつけられたような衝撃があった。平衡《へいこう》感覚を失い、その場に倒れこむ。千尋が付けてしまった怒りの火は、それだけでは収まりそうもなかった。

「くそっ」

腹を、二度、三度と蹴り上げられる。頭を殴られた衝撃で、視界が霞んでいる。父親が、こちらを見下ろして、頭を掻き毟っている様子が、ぼんやりと見えた。

「くそ、くそっ」

容赦なく蹴りつけられる。きちんと切り揃えられていない足の爪が千尋の顔を霞め、目の上が切れた。たらりと垂れた血が目に入り、さらに視界が悪くなる。千尋は、ひたすら耐え続けることしかできなかった。

次の日、全身が重く立ち上がることができなかった。風邪のせいなのか怪我のせいなのかは分からなかったが、熱も上がってしまったようだ。気力だけで大学に向かおうとしたものの、玄関まで這っていったところで諦めた。その次の日も同じで、千尋は三日続けて授業を休んだ。

15

チャイムの音で目が覚める。窓の外は暗い。再びチャイムが鳴る。

「うるせぇぞ！　千尋！」

居間から声が飛んできた。仕方なく、起き上がる。

確か、先月分の家賃が未払いだったはずだ。大家が請求に来たのかもしれない。

身体の熱りと節々の痛みはまだ残っていたが、随分とよくなっていた。明日か明後日には大学にも行くことができそうだ。

財布を手にして部屋を出る。居間では父親が先日と同じように競馬新聞を眺めていた。万全とは言い難い身体を引き摺って玄関に向かう。扉を開けた先に立っている男を見て、千尋は息を呑んだ。

「……先生……」

そこには赤枝が立っていた。

「ど、どうして、ここに……?」

近づくなと言われたのは、先週のことだ。これは幻覚だろうか。

「これを持って行って欲しいと、深田に頼まれた」

赤枝が差し出したのは、文化祭のパンフレットだった。

「実行委員には、早めに配られる。中にスタッフとして名前が載っているから、確認するように言っていた」

「……実行委員は、もうやめたんです」

「一時でも所属していたことには変わりない。受け取っておけ」

千尋は浅く頷き、パンフレットを受け取る。それで終わりかと思ったが、赤枝は千尋をじっと見つめたまま切り上げる様子を見せなかった。

「目の上の傷、どうした」

「……え?」

「顔も赤い。熱があるのか」

なにを訊かれたのか分からなかった。まさか、赤枝が自分を心配するような言葉を口にするとは思わなかったからだ。倦怠感で思考が回っていないせいもあるかもしれない。

「病院には」

「おい！　ダラダラとなにしてやがる」

赤枝の声を遮るようにして、部屋の奥から怒鳴り声が響いた。扉が声に負けないほど大きな音を立てて開く。不機嫌な顔をした父親が姿を見せた。

「なんだ、こいつは」

大股で三和土《たたき》の手前までやってきた父親は、赤枝に一言挨拶するような素振りもみせず、おざなりな口調で千尋に尋ねる。

「……大学の先生」

千尋の答えに眉を顰めた父親は、無遠慮な視線でじろじろと赤枝を検分する。きっちりしたスーツや皺のないシャツ、丁寧に手入れされた革靴を見て、鼻白《はなじろ》んだ。

「赤枝壮介です」

赤枝は父親の視線に一切怯むことがなかった。

「お偉い先生が、こんな場所になんの用ですかね」

「大倉くんが授業に来ないと彼の友人が心配していたので、様子を見に来ました」

た。

「サボりですよ」

「大倉くんは非常に優秀で、真面目な学生です。理由なく授業を休んだりはしません」

千尋は赤枝を凝視する。しかし赤枝は千尋の視線などには見向きもせず、父親に対峙《たいじ》してい
「こいつは、外面《そとづら》だけはいいんですよ」

「具合が悪そうに見えます。病院には？」

「それ、アンタに関係あるか？」

「大倉くんは、私の教え子ですから」

「俺は親だ。アンタよりよっぽどこいつのことを知っている」

ぽんぽんと続いていた応酬が、途切れた。父親が勝ち誇ったように鼻で笑う。

「そういうことなんで、用が済んだんならさっさと帰ってくださいね」

言い負かせたことで自尊心が満たせたのか、父親は満足げな顔で居間に戻って行く。

赤枝はしばらくの間、父親の消えた居間に続く扉を見つめていた。無礼な親に代わって千尋が頭を下げる。

「すみません。……あまり、機嫌がよくないみたいで」

赤枝は、やっと千尋に視線を戻した。

「機嫌の良し悪しの問題とも思えないが」

「無愛想な人なんです。なんせ、俺の親なんで」

「俺は、お前を無愛想だと思ったことは一度もない」

今度は千尋が言葉を失う番だった。

今日の赤枝はなにかが変だ。いや、変だという表現はおかしいかもしれない。まるで、以前のようだ。倒れている千尋を研究室で休ませてくれたり、食堂で定食を奢ってくれたり、自分の弁当を譲ってくれたりした、あの頃の赤枝のようだ。

「えっと」

返事に困って、ぐっとパンフレットを胸に抱く。

「これ、ありがとうございました」

「そんなものは、ただの言い訳だ」

「言い訳？」

「深田のな。さっき言っただろう。随分と心配していた。深田は、」

赤枝は僅かに逡巡し、居間に続く扉をちらりと横目で見た。

「深田は、……お前が暴力を振るわれているかもしれないと言っていた」

赤枝は、千尋の怪我と体調の原因が父親であることを確信しているようだった。誤魔化しは通じそうにない。

「……いつもじゃないんです。前は、もっと普通でした」

普通。赤枝には知られたくないと願っていた、千尋の普通。汚いアパートも、だらしない父親も、結局知られてしまった。

「自業自得です。先生の時と同じだ。あの人の愛情を欲して、あの人は俺とやり直そうとしてくれた。その分が、今、返ってきてるだけで、前は、もっと、……もっと」

普通だった、と言おうとして、言えなくなった。

普通だろうか。無視され続けたことが。こっちを見るのは金の無心の時だけだったことが。それは普通だと自分を納得させようとしていただけではないのか。

気づいてしまうと、恐ろしく惨めになった。

「帰ってください」

扉を閉めようとすると、赤枝がぐっと手を挟み込んできた。

「は、放してください」

「暴力を振るわれている教え子を、放置することはできない」

教え子。父親にもそう言ってくれた。それだけで充分だった。これ以上、赤枝に求めることはない。赤枝は、自分などとは関わらない方がいい。

「俺は、先生の教え子じゃありません」

「馬鹿を言うな。お前はうちの大学の学生だろうが」

「だとしても、先生のプライベートに俺が関係ないのと同じで、俺のプライベートだって先生には関係ありません」

赤枝が眉を顰める。指先を紙で切ったような、小さな痛みを堪えるような顔だった。

「放ってはおけない」

「どうしてですか」

関わるなと言ったのは、赤枝の方だ。

「どんな理由であれ、親に殴られるつらさは俺も知っている。殴られて傷つくのは、身体だけじゃない」

千尋はぐっと唇を噛む。

つまり、同情されたのか。もしかしたら千尋に過去の自分を重ねているのかもしれない。

「ここに来る道中で考えた。お前の親が深田の想像通りお前に暴力を振るっているとして、そこに理不尽さしかないのなら、お前が愛されることに拘《こだわ》ったのは、……親の愛を知らないからかもしれない」

「なんですか、それ」

図星を指され、声が掠れる。

「俺がずっと誰かに受け入れてほしい、認めてほしいと願っていたように、お前は愛されることを願っていたのかもしれない」

ぐっと、目頭が熱くなる。生まれて初めて、自分の心の奥底に触れられた。触れた相手が赤枝であることが、嬉しくて、悲しい。

愛されたい。きっとそれは、誰もが持っている欲求だ。けれど、千尋は誰よりも切実に長い間、愛を求めていた。他人が当たり前に手にしているものを、指を咥《くわ》えてずっと羨んでいた。

ある日突然、父親が優しくなって千尋にこれまでのことを詫びてくれたら、母親が戻ってきて本当は捨てたのではないのだと抱き締めてくれたら。幼い頃、何度そんな妄想をしただろう。

「仮に先生が言っていることが合っているとして」

泣き出さないように、目元と腹にぐっと力を込める。

「だったらどうだって言うんです？　先生は、俺のことが許せるんですか？」

赤枝は答えない。当たり前だ。同情することと許容することは違う。赤枝が千尋に感じた生理的な嫌悪は、千尋の生い立ちと清算などできるはずがない。

「先生が俺を心配したって同情したって、なんの意味もない」

わざと露悪的な言葉を選んだ。

「俺は学生だけど、でももう成人してます。自分のことは自分で選べる。その上でここにいるんです。逃げ出そうと思えば、いつでも逃げ出せるのに、自分でここにいることを選んでる」

自分の子を金蔓《かねづる》程度にしか考えていないあんな男は、いない方がずっと楽だ。それでも、千尋はここにいる。思い知ったからだ。自分が、あの男に対する情を捨てられないことを。

殴られても蹴られても罵られても、切り捨てられない。それは、変えられない事実だった。

赤枝のことを、まだこんなにも恋しく思うのと同じように。

「……来てくれて、ありがとうございました」

浅く頭を下げてドアノブを引く。赤枝の手が、するりと離れた。

「でも、次からは深田に頼まれても断ってください」

近づくなと、赤枝は言った。あれが紛《まぎ》れもない本心だったはずだ。ここへ来ることだって、きっとかなりの抵抗感を押し込めてのことだっただろう。

静かに扉を閉める。今度は、遮られることはなかった。

16

赤枝が尋ねてきた翌日も、千尋は煎餅布団の中でひたすら体力の回復を図った。結局、授業に出られたのは月曜日からだった。一週間近くも休んでしまった。

二限目の終わりを告げるチャイムが鳴る。広げた教科書やノートを片づけると、千尋は窓際で談笑しているグループに近づいた。

「深田」と声を掛けると、中心に居た深田が少し驚いた顔をする。

「ちょっと、時間貰えるか」

深田を囲む友人達は、胡乱《うろん》な顔をしている。しかし深田は迷うことなく頷いた。

近場の空き教室に入るなり、千尋は頭を下げる。

「パンフレット、ありがとう」

大勢スタッフの名前が並ぶ中に、千尋の名前もあった。自分の名前を見つけた時、少しだけ嬉しかった。

「それに、……心配かけたみたいで、悪かった」

「いや。俺、なんもできてないしな」

苦笑する深田は、なにかを察したような顔つきをしている。

「……なんで、赤枝先生に頼んだんだ？」

ベッドの中で熱に魘《うな》されながら、大学に行ったら必ず深田に声を掛けようと決めた。一つは、礼を言うため。一つは疑問をぶつけるためだ。

「お前の傷がＤＶなら俺の手には負えないし、それに、赤枝先生と付き合ってるんだろ？」

あっさりと告げられた言葉に、千尋は目を剥く。深田がポリポリと頬を掻いた。

「いやー、さすがにさ、分かるって。俺、赤枝先生に露骨に牽制《けんせい》されてたし」

言葉が出てこない。

「あ！　他の奴らは気づいてないし、安心しろよ」

千尋が衝撃から立ち直るのを、深田は根気よく待ってくれた。

「……気持ち悪いとか、引いたりとか、しないのか」

やっと、それだけを尋ねる。

「なんで？　男同士だからとか？」

千尋は、当たり前のように赤枝を好きになった。しかし、それが世間の当たり前でないことは重々承知している。

「俺、結構大倉のこと好きなんだよな。だから、それくらいで引いたりしない」

友人に臆面なく好意を伝えられたのは、初めてだった。深田が初めての友人なのだから当たり前だ。

「なんで、俺のことなんか」

深田に対して、好かれることをした覚えはない。数か月前までその他のうちの一人としか思っていなかった。

「タイプだから？」

深田がへらりと笑う。

「茶化すなよ」

「いやいや、割りとマジで。大倉さ、俺の彼女と似てるんだよな。人のこと信用してませんてツンとしてる感じが」

緩んだ表情を引き締め、深田は窓の外を眺めた。澄んだ青空に白い雲が棚引《たなび》いている。

「俺の一目惚れだったんだけど、最初は拒絶されまくったんだ。俺、片手じゃ足りないくらい振られてんの。でもなんとか口説き落としてさ、そしたら結構複雑な家庭で育ったってのが分かって、……だから、似てる大倉もそうなのかもなーって、ずっと気になってた」

深田が千尋に向き直る。

「今度紹介してやるよ。たぶん、会話にならないだろうけど」

「……それ、紹介する意味あるのか」

「両手に花で、俺が楽しい」

「なんだそれ」

笑ってしまう。自然と引き上がった口端に、少し驚いた。笑うのは、久しぶりだ。

深田が幸せな恋愛をしていることが、なぜかとても嬉しかった。

「……赤枝先生とのことは、誰にも言わないでくれ。もう別れてるし、そもそも先生は俺の気持ちに付き合ってくれただけなんだ」

「そうなのか?」

深田が意外そうに眉を跳ね上げた。

「パンフレット渡した時、そんな感じしなかったけどな。お前のこと、心配で仕方ないって感じで」

「それは、暴力振るわれてるかもって、深田が言ったからだと思う」

親に殴られるつらさを知っていると、赤枝は言っていた。かつての自分と同じ現状に耐え忍んでいるかもしれない人間を、赤枝は心配せずにはいられなかったのだろう。それが、どれほど嫌いな相手でも。

　深田は考え込むような仕草でじっと床を見つめ、ふいに顔を上げた。

「お前達が別れたのってさ、ストーカーのせい？」

「……ストーカー？」

「え？　知らないのか？」

　また、意外だという顔をされてしまう。意外だろうがなんだろうが、千尋はなにも知らない。知らされていないし、知る権利もない。

「赤枝先生のストーカーが最近ウロウロしてるらしいけど」

　嫌な予感に、眉根を寄せる。

「……それって、男か？　綺麗な感じの」

「そうそう、なんだ知ってんじゃん」

「知らない。大学に来てるのか？」

「まぁ、俺も彼女に聞いた話だからそれほど詳しくはないけど、文学部の学生に声かけて赤枝先生のこと聞いたり、研究室に押しかけたりしてるらしい。教授会でちょっと問題になってるみたいだぜ」

　友人達と昼食の約束をしているという深田と別れて、いつもの南食堂へ向かう。道中、千尋の頭を支配するのは蠱惑的な美しさを誇る男のことだった。

保住。まだ諦めていないのか。もう何度も拒絶されているだろうに、どうしてそこまで放埓《ほうらつ》な振る舞いができるのだろうか。自分が赤枝に迷惑をかけている自覚がないのだろうか。それとも、迷惑をかけることを込みで付き纏っているのか。

どれほど気になっても、千尋にはなにもできない。精々こうして悶々《もんもん》と心配するくらいなものだ。もどかしさに、奥歯を噛み締める。

食堂へと向かう階段を降り掛けた時、「大倉」と呼び止められた。本屋から赤枝が出てくるところだった。

いつかのようなシチュエーションに、呆気に取られてしまう。しかし、あの時とは違い、赤枝は手ぶらだ。まさか自分を待ち伏せしていたのだろうかなどと都合のいいことを考え、すぐに頭から掻き消す。そんなはずがない。

「なんですか」

赤枝が目を細める。

「……いや、……」

困惑しているように見えるが、困惑の原因は見当も付かない。

「……飯は、食っているか」

「食べてます。今も、食堂に行くところです」

そんなことを訊きたかったのだろうか。付き合っていた頃、食事に関しては専ら赤枝の担当だった。その延長で気にしているのだとしたら、お人良しが過ぎるというものだ。

沈黙が落ちる。本屋から出てきた学生が何事かとこちらを窺ったが、真剣な気配を察知してか、すぐに立ち去った。

「……あれから、殴られなかったか」

先ほどより慎重な口調だった。恐らくこちらが本題だったのだろう。千尋のことなど気にしたくないだろうに、赤枝の性格上、無視できないに違いない。

「大丈夫です」

返事は、最低限に留めた。あなたの気にすることではない、という意味を言外に込めて。

「……そうか」

保住のことを聞こうとして、やめた。赤枝が答えないだろうことは分かりきっている。下手に踏み込めば、嫌われてしまうだろう。

千尋は心中でひっそりと笑う。嫌われるなんて今さらだ。赤枝の自分に対する感情は、とうに底を打っている。

「本を」

考え事をしていたせいで、赤枝の言葉を聞き逃した。

「え？」

「本を置いて行っただろう。テーブルの上に」

ローテーブルにぽつんと残していった文庫本が頭を過る。

「忘れていったのかとも思ったが、忘れ物にしては分かり易い場所に置いてあった」

「あれは先生に買ったんです。六月頃に、同じタイトルの本を失くしませんでしたか」

赤枝が浅く頷く。

「俺が持ってます。図書館で拾って、でも返せなかったんです。先生のものだって思ったら、どうしても返せなかった。……気持ち悪くて、すみません」

自分が落としたものを嫌いな相手が後生大事に持っていたら、千尋なら身の毛がよだつ。

「返します。研究室のポストに入れておけばいいですか」

「いや、いい。捨ててくれ」

千尋はそっと落胆する。今さらどうでもいいものなのか、千尋がずっと持っていたものなどいらないということなのか。両方の可能性もある。

「あの本も、捨ててもらっていいので」

「……捨てはしない」

最期の慈悲のように感じて、千尋はぎこちなく笑う。深田を前にした時の自然な笑みとは懸け離れていることは、自分でも分かっていた。きっと、ひどく醜い笑顔のはずだ。

「じゃあ、俺、もう行きます」

背を向けて階段を下りる。下りきる数歩手前で、再び「大倉」と呼ばれた。

「はい」

振り返る。逆光になっていて、赤枝の表情はよく見えない。

「どうして、俺だったんだ」

「分かんないです」

恋をしたのは、初めてだったから。

「でも、たぶん、……甘えさせてくれたからだと思います」

赤枝は、千尋が初めて甘えることのできた人だった。

「先生が、甘えればいいって言ってくれた時、俺、嬉しかった。先生は軽い気持ちで言ったことだろうけど、俺、本当に嬉しかったんです」

あの日からずっと、頭の隅に赤枝が住み着いて離れなかった。

「すみません。好きになって」

千尋などに一方的に好意を寄せられたせいで、赤枝は悩まなくていいことで悩み、苦しまなくていいことで苦しんだ。

苦しめてごめんなさいと言いかけて、止めた。赤枝が長い溜息を吐いたからだ。

「謝ってほしいなんて、思っていない」

「すみません」

また謝ってしまう。赤枝は複雑そうに眉根を寄せた。

「俺は、お前に謝らせてばかりだな」

なぜか、赤枝はひどくつらそうに見えた。

17

平日の市立図書館は、高齢者の憩いの場所となっているようだ。若い男女や幼児の姿もあるが、七、八割は千尋と同年代の孫がいてもおかしくないような老人達だった。それぞれ新聞や本を読んだり、和やかに話したり、年に見合わぬ軽やかな指使いで検索機を使いこなしたりしている。

今日明日は、大学の文化祭だ。文化祭でも学内の図書館は開いているが、混み合うキャンパスに行く気にならない。深田に見つかれば、屋台だイベントだと引っ張りまわされる可能性もある。仕方なく、千尋は市立図書館まで足を運んだ。

専門書の類《たぐい》は期待できないが、六法全書ならば大概どの図書館にも置いてある。予想通り奥の棚に並んでいた分厚い書籍を片手に、空いている席に座る。判例集とノートは持ってきた。これだけ揃っていれば、一日二日勉強する分には事足りる。

一時間、二時間と時間が過ぎる。ふと気が付くと、ほとんど埋まっていたはずの席に誰もいなくなっていた。いつの間にか、正午を回っている。皆、昼食に出かけているのだろう。机の上に本が置きっぱなしになっている席もあった。

「アンタ」

自分もなにか腹に入れておくべきかと考えていた時、そっと後ろから声がした。

「アンタだよ、アンタ」

千尋は、驚きに息を呑む。

「……あ、あの時の……」

そこには、一人の老婆が立っていた。古い上着の下に、見覚えのあるリネンのシャツがちらちらと見え隠れしている。

固まったままの千尋を笑いながら、老婆が隣の席に腰掛けた。

「偶然だね」

本当に偶然なのだろうか。

「元気にしていたかい」

「あの」

千尋はぐっと左手を握りしめる。

「すみません。俺、……捨ててしまったんです、あの指輪」

老婆はあっさりと頷く。

「気にすることはない。あんなのは、ただの指輪だ」

「ただのって……」

ただの指輪なんかではなかった。それは、嵌めていた千尋がよく知っている。

「……俺が、捨てることを分かっていて、くれたんですか」

「そりゃそうだよ。アンタは優しかった。優しい人間は、あんなもの長く付けちゃいられない」

それならばなぜ渡したのだと怒り混じりに尋ねかけて、千尋は口を噤む。他人を責めるのはお門違いだ。それに指輪の説明は、きちんと受けていた。

千尋の沈黙になにを考えたのか、老婆が意味深に微笑む。

「私と契約すれば、失ったものを取り戻すことができるよ」

「契約？」

「言っただろう？　私は悪魔だ。悪魔ときたら、相場は決まってる。願いを叶える代わりに、魂をってやつだよ」

芝居《しばい》がかった陳腐な台詞だ。しかし、今はあの時と違う。揶揄《やゆ》されているとも、老婆の頭がおかしいとも思わない。

「するかい？」

老婆の問いに、間髪容れず首を横に振る。

「しません」

老婆は意味深な笑みを消し、肩を竦める。

「それがいいね。どうせ、余計に虚しくなるだけだから」

あっさりとした返事だった。まるで最初から期待していなかったようだ。

「私達はね、絶望や孤独、怒りや悲しみを山ほど背負った人間に引き寄せられる」

「……俺も、そうだったってことですか」

老婆は答えなかった。けれどそれは、沈黙が最も雄弁な瞬間だった。

「俺、魔法使いが現れたらって考えたことがあるんです」

「悪かったね、期待に添えなくて」

「でも、魔法は貰いました」

シンデレラのように選ばれた人間だけに与えられると思っていた魔法を、千尋も貰うことができた。上手く生かすことは、できなかったが。

「私は御伽噺に出てくるような魔法使いじゃないけどね、アンタを不幸にしようなんて思ってない。あの指輪は荒療治の一環さ。いい影響があればいいと思って渡したんだ。本当だよ」

「すみません」

「どうして謝るんだい」

「期待通りにできなくて」

老婆は大仰に肩を竦めた。

「結論を出すのはまだ早いってもんだ。あれは、捨ててからが本番だ」

「……本番？」

「あれで得られるのは、作り物だ」

「知ってます」

嫌というほどに、思い知った。

「本当かねぇ？　アンタに今向けられてる嫌悪や怒りも、作り物の上に成り立ってるということだよ」

はぁ、と気の抜けた返事をしてしまう。

「アンタが本当に愛を得るなら、それはこれからの話だ」

愛を得る？　今さら？

「……俺は……」

それだけ言うと、あとはなにが言いたかったのか分からなくなってしまった。代わりに、質問をぶつける。

「……どうして、そんなに親切にしてくれるんですか」

「シャツ一枚分、温かくなったお礼だよ。最近また一段と寒くなって来たからね。大活躍さ」

老婆が椅子から立ち上がる。

「ま、頑張ることだね。世の中、どうにもならないことなんてそんなにないもんさ」

去っていく老婆は、ちらりとも振り返らなかった。小さくなっていく背中が、もう千尋とは他人なのだと訴えていた。

そしてそれが、老婆と会った最後になった。

18

学園祭が終わり、キャンパスにも日常が戻って来た。

「はー、ずっとお祭り騒ぎしてたかったなぁ」

深田が窓の外を眺めながら大きな溜息を吐く。まだ夕方だが、周囲はもう暗い。空気もすっかり冬めいている。

「いつまで文化祭ボケしてるんだよ。それより、ほら、そっちの資料」

深田の肘の下敷きになっている資料を奪い取って、自分のものと見比べる。

「こっちの方が使えそうだな。おい、これ」

差し出されたプリントを渋々受け取りながら、深田は頬杖をついた。

「もう、今日は切り上げないか?」

「なに言ってるんだ。とりあえず軽く資料だけ纏めようって言ったのは深田だろ」

「だって、そろそろ腹も減るしさー」

深田の不満は聞き流し、千尋は一人で黙々とメモを取る。ぐぅ、と大きな音が鳴った。音源は深田の腹だった。千尋を横目に、深田がへへへと頭を掻く。

「………分かった」

「マジ⁉　じゃあ、なんか食いに行こう！　奢る！」

「いい。その代わり、食いに行くなら食堂だ」

閉館までまだ一時間あった。さっさと食事を済ませて戻ってくれば、少し作業を進めることができる。グループワークの発表まではまだ時間があるが、早めに済ませておくに越したことはない。

ノートを閉じて立ち上がる。ちらりと掠め見た窓の外に見覚えのある姿を見つけて、千尋は動きを止めた。

細身の男。遠目ではっきりしないが、見覚えがある気がしてならない。

男が向かっているのは、研究室棟の方向だ。

「大倉？」

「ちょっと、ごめん！」

深田を置いて、走り出す。途中、司書に叱責されたが、構わずに足を急がせた。外に出て、研究棟の方へ。全力で走る千尋を、ちらほらと残っている学生達が振り返る。

「保住さん！」

窓から見かけた背中を見つけ、千尋は大声で呼んだ。

「ああ、君か」

振り返った相手、保住がにこりと笑う。やっとの思いで追いてゼェゼェと肩で息をする千尋に、「なにかな」と首を傾げた。

慌て過ぎてコートを忘れてきた。十一月の冷たい風が千尋の身体に吹き付ける。

「ど、して、ここ、に」

肺が痛い。しかし、保住に落ち着くまで待ってくれる様子はない。

「どうしてって、壮介に会いに来たんだよ」

「……そういうの、やめてくれませんか」

「なぜ？」

「あなたのこと、少し……問題になってるらしくて」

「へぇ？　それはいいいね」

「……いい？」

「だって、壮介が気にしてくれるでしょう？」

保住がにこりと笑う。

気持ち悪い、と思った。こんなに綺麗な相手だというのに、心底、気持ちが悪い。

やっと呼吸が落ち着いてきた。周囲からちらちらと視線を感じる。ここで話すのは、どう考えても得策ではなかった。

「場所を変えませんか？」

「どうして？」

「少し、話をさせてください」

余計なことをしようとしている。赤枝が知れば眉を顰めるだろう。分かっていても、千尋に前言撤回する気はなかった。拒否されたら、引き摺ってでもどこかに連れて行こうとさえ思っていた。しかし、保住は肩透かしを食らうほどあっさりと頷く。

「いいよ。どこに行こうか？」

部外者を建物の中に引き入れることはできない。周囲の適当な店にも、学生の目がないとも限らない。辺りを見渡した千尋の目に、すでに役割を終えた屋外ステージが止まった。業者の都合で、解体に入るのはまだ先だと深田が言っていた。バックステージなら暗幕で覆われているし、誰かに話を聞かれる心配もない。

保住を連れて、ステージの裏側に回る。鉄筋の階段を上り暗幕を捲り上げると、機材が置かれっぱなしになった空間があった。狭いが、二人で話し合うなら充分だ。

「文化祭用のステージです。ここなら、誰も来ません」

「別に誰が来ても構わないけどね」

アンタはな、と心の中で吐き捨てる。

「で？　話ってなにかな」

「先生に付き纏うの、止めてください」

保住が千尋の言葉を素直に聞き入れるはずがない。それでも、言わずにはいられない。案の定、保住は少しも譲る気のない笑みを浮かべた。

「それは、これ以上は無駄だっていう勝利宣言のつもりかな？」

「そんなんじゃありません。……俺はもう、先生とはなんの関わりもありません」

保住は微かに目を見開き、すぐに、ふふ、と嬉しそうに声を立てた。

「あのマンションの近くで君の姿を見なくなったとは思ってたんだ。夏休みが終わったからだと思ってたけど、別れてたんだね」

千尋が頷くと、保住は益々嬉しそうに笑った。

「じゃあ余計に口を出さないでほしいな。僕と壮介がどうなろうと君には関係ない」

「もちろん、それはそうなんですけど」

そんなことは、千尋にだって分かっている。

「先生が困っているのを見るのは嫌なんです。俺はまだ、……先生のことが好きなので」

「へぇ？　君も壮介に未練があるんだ。それなのに、物分りがいいフリで別れて僕に口出ししてるんだ？　気持ち悪いなぁ」

蔑みの表情に千尋は息を呑む。まさか相手に感じたことが、そのまま自分に返ってくるとは思っていなかった。

「俺、気持ち悪いですか？」

「気持ち悪いよ。いい子ぶって、陰でこんな風に牽制して。本当は自分だって縋りたいくせに」

ぐさりと、言葉が心臓を貫く。

「みっともなく足掻くこともできないなら消えてくれないかな。君は、その程度なんだから」

「……その程度って」

「僕は君よりずっと、壮介が好きだよ。壮介だけなんだ。壮介のいない間、僕はずっと気が狂いそうだった」

既に狂っているようにしか見えない。けれど、本人に指摘したところで意味はないだろう。

「そんなに好きなら、なんで逃げようとしたんですか」

「逃げる？　僕が、壮介から？」

保住が片眉を上げる。心外だと言いたげだった。

「逃げたのは壮介だ」

千尋は「そうじゃない！」とかぶりを振る。

「だって、自殺しようとしたんでしょう⁉」

保住は目を瞬かせ、ああと頷いた。

「あれはただの狂言《きょうげん》だよ。本当に死ぬ気なんてなかった」

あっさり告げられた言葉に、千尋は呆気に取られた。

「きょ、……狂言？　なんのために、そんな」

保住はまた笑う。千尋が不快だと睨みつけると、余計に声を上げて笑った。

「そんなことも分からない？　壮介にもっと僕のことを欲してもらうために決まってるじゃないか」

「……は？」

「壮介はね、すごく理性的な人間なんだ。いつも飢えていてどうしようもない所有欲を抱えてるのに、自制しようとする。あのストイックさは、ご両親の教育の賜物《たまもの》だね。植えつけられた強固な正論と自制心を、僕は壊したかった。僕の全部を、壮介のものにしてほしかった」

「じゃあ、……浮気を繰り返したっていうのも」

「全部、壮介にこちらを向かせるためだ。壮介は僕に許容されることが気持ちよかったみたいだけど、僕は壮介に欲されることが気持ちよかった。もっともっと、壮介に僕のことを欲してほしかった」

　絵に描いたような相互依存だ。もしかしたら、赤枝はそのことに気が付いていたのかもしれない。

「……多分、……俺はあなたの気持ちが分かります。きっと、誰よりも」

　保住は片眉を上げ、挑発的な顔で腕を組む。

「へぇ？」

「俺だって、できることならみっともなく縋りたい。俺にとっても赤枝先生は唯一の人だから。でも、俺達とって先生が唯一でも、先生にとって俺達は唯一じゃない」

唯一だった時もあるだろう。保住は千尋よりもずっと、赤枝にとって唯一だったはずだ。

「俺は間違えました。きっと、あなたも間違えてる。先生が大事なら、もっと他に方法があるんだと思います」

保住は、もう一人の自分だ。気持ち悪いと感じたのは、同族嫌悪だ。自分勝手に愛情を押し付けて、代わりに赤枝の愛をくれと叫んでいる。千尋が理性を剥ぎ取られたら、保住と同じ行動を、もっと酷いこともしたかもしれない。理性を失うということは、それほどに恐ろしい。

そして、その恐ろしいことを千尋は赤枝に強制した。

「あなたは、そして、俺も、自分の気持ちを優先して先生を傷つけた。振り向いてもらうなら、もっと真っ当な方法じゃないと駄目だったのに」

「……君、ムカつくなぁ。気持ち悪いだけじゃなくて、苛々してきたよ」

いつの間にか、保住の顔からは笑みが消えている。

「そんな綺麗事、どうでもいいんだよ。僕には壮介が必要なんだ」

「それが一方的だって言うんです。先生には、俺もあなたも必要ない」

「うるさいッ‼」

どん、と突き飛ばされる。細腕とはいえ、成人男性の力だ。不意打ちの衝撃に踏みとどまることができず、鉄骨が背中を打った。痛みに息を呑み、ずるずると座り込んでしまう。保住が容赦なく馬乗りになってきた。そのまま、両手で千尋の首を絞める。

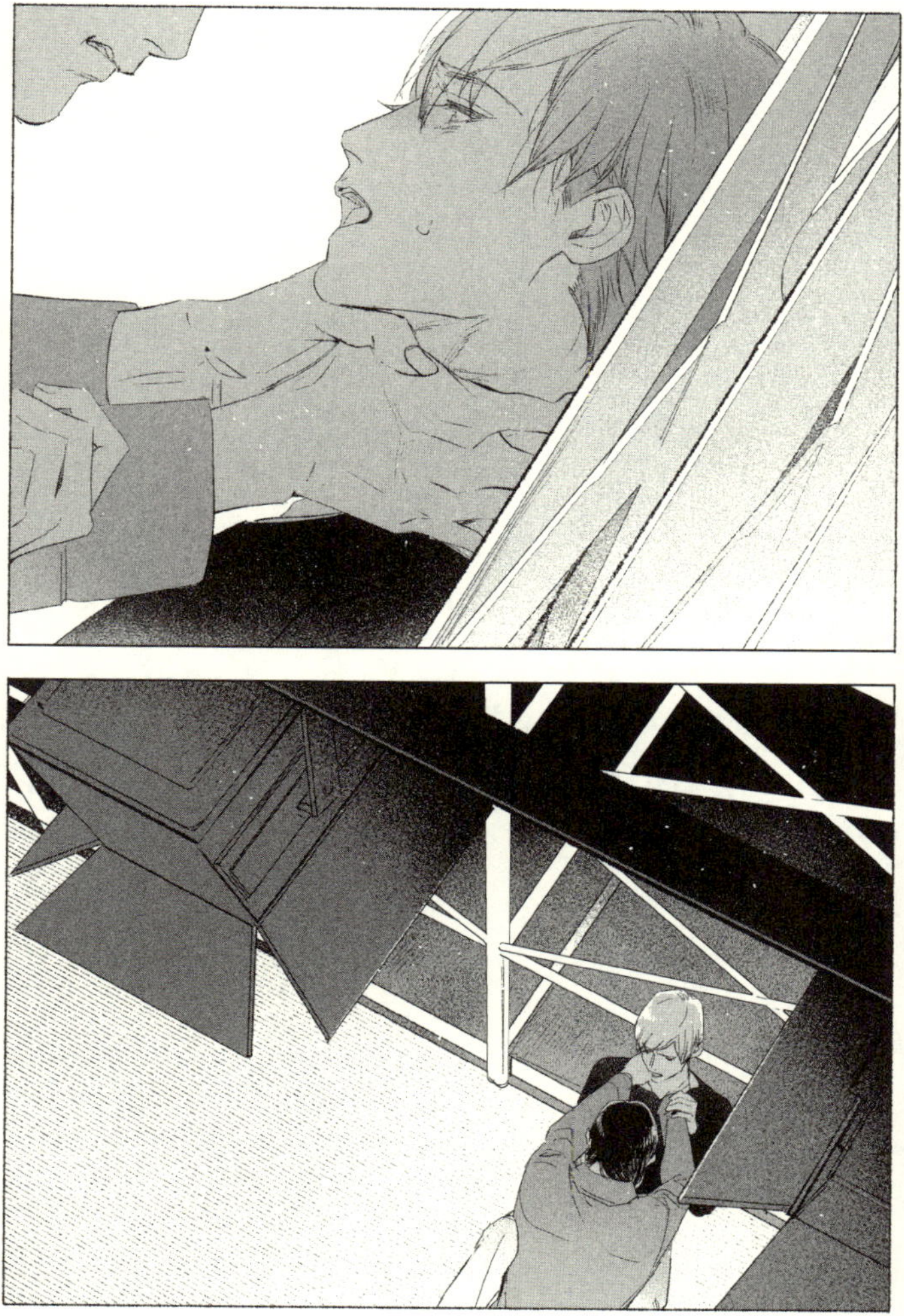

「――ぐっ」

「僕と君を同じにするなよ。僕の気持ちはそんなに軽くない」

重い、と赤枝も言っていた。けれど、きっと重いも軽いもないのだ。赤枝の愛情も保住の執着も千尋の恋心も、気持ち自体には体積も重量もない。相手と自分を天秤《てんびん》にかけて、どちらに傾くか。量ることができるとすれば、それだけだ。

ふいに天井に釣り下がっている照明が、ぐらぐらと揺れているのが見えた。千尋が押し付けられている鉄骨が揺れるせいで、天井も一緒に揺れている。ガタ、と音がして照明が傾《かし》いだ。元から留め金が緩んでいたのかもしれない。今にも落ちてきそうだった。

危険を伝えようにも、首を絞める力は強くなるばかりで息さえ満足にできない。保住の手を引き剥がそうと懸命にもがくが、喉を圧迫する力は強くなる一方だ。

ふいに、視界の端で暗幕が翻った。

「なにをしている！」

怒鳴り声が暗幕の中に響く。視界は霞んでいたが、すぐに赤枝が現れたのだと分かった。こちらに駆けつけようとする赤枝の向こうに、もう一人見える。深田だ。

「手を放せ！」

赤枝の声が近づく。頭上では、照明がブラブラと揺れている。

駄目だ、危ない。

赤枝の出現で怯んだ保住を突き飛ばす。同時に、激しく揺れていた照明が落ちてきた。

「千尋！」

自分を呼ぶ怒号《どごう》めいた声が耳に届くのと、大きな衝撃を受けたのは同時だった。

目の前が真っ白になる。一瞬、気が遠くなった。そのまま気を失ってしまったほうが楽だったろうに、そうはならなかった。目の前に、放り出された自分の腕がある。その向こうには照明がごろんと転がっている。電球が割れ、破片が飛び散っていた。真っ赤な血が床を染めている。

最近は踏んだり蹴ったりだ。生傷ばかり増えて、嫌になってしまう。

赤枝が深田に向かって怒鳴りつけてる声が聞こえた。あんな風に怒鳴られたら自分なら震え上がってしまうなぁ、などと暢気なことを考える。

駆け寄ってきた赤枝が、千尋を覗き込んだ。

「今、救急車を呼んでいる」

「……すい、ません」

口が強張って、うまく声が出ない。

「謝るな。しゃべらなくていい。動こうともするな」

動きたくても動けない。痛みから予想するに打ったのは頭と左肩あたりのはずだが、四肢が全て痺れていた。

「俺」

発泡スチロールのようなカスカスした声だった。

「先生のそんな顔、見たくないな」

赤枝はまるで自分が千尋を傷つけたような、罪悪感まみれの顔をしている。

笑おうとして、唇が引き攣った。顔も打ったらしい。道理で話しづらいはずだった。

「いいから、しゃべるな。なにも考えなくていい」

そうは言われても、思考は勝手に巡る。

「……俺、前は先生に嫌われることがなにより怖かった。でも、」

最悪な滑舌だ。赤枝にきちんと伝わっているかは分からなかったが、千尋は必死に続けた。

「今は、先生が苦しんでることが、……怖い……」

赤枝が千尋を追い詰める己を恐れたように、自分が赤枝を苦しめることがなにより怖い。自分が痛いのはいい。苦しくても我慢できる。でも、赤枝は駄目だ。なにがあっても、赤枝だけは駄目だ。

痛みがすっと引いていくような感覚があった。同時に意識も遠のいていく。目蓋が重い。

「千尋！」

名前を呼ばれた気がしたが、それが現実か幻聴か分からなかった。

「千尋！　……千尋‼」

それは、いつか置いて行くなと縋った時の赤枝の声に、よく似ていた。

男の声で目が覚めた。千尋は目を擦り、立ち上がる。目線が妙に低い。目に映る手も、まるで紅葉のように小さかった。

『頼む、頼むから』

自分を起こした声は、千尋の前に聳《そび》える襖《ふすま》の向こうから聞こえてくる。千尋はほんの少しだけ襖を開けて、そっと目を凝らした。

『俺を捨てないでくれ。愛してるんだ。お前に捨てられたら、どうしていいのか分からない』

泣きそうな声で、男が女に縋っている。二人ともまだ若い。二十代だろうか。女がなにか答えていたが、不思議とその声は聞こえなかった。ただ、赤い唇が吐き出す言葉が男の望むものでないことは伝わってくる。

『千尋もいるんだ。あいつだって、お前が必要に決まってる』

思わず、「父さん」と呟く。そうだ。女に縋っているあの男は、父親だ。

寂しかったのかと聞かれて激昂した父親。図星だったのだ。父親もまた、千尋と同じように愛されたいと願っていた。

気が付くと女はいなくなっていた。不精髭を生やし、よれよれの作業着を着た中年男が、一人で項垂れている。

「父さん」

手を伸ばす。その手は紅葉《もみじ》のような可愛らしいものではなくなっていた。決して大きくはないが、骨の浮く成人男性の手だ。

「父さん。俺がいるから」

父親が振り返る。しかし、その顔を見る前に周囲は真っ白に染まってしまった。

「父さん、父さん！」

必死にもがき、白い空間を進む。やがて、光に包まれた。眩しい光の向こうに、誰かがいる。そう思った瞬間、ふわりと身体が浮いた。いや、そんな気がしただけだ。実際に浮いたのは、意識だった。

「……起きたか」

誰かが覗き込んでくる。父親ではない。確かに先ほどまで父親に手を伸ばしていたはずなのに。掴めなかったのかと、心底落胆した。しかし、落胆はすぐに消え失せる。手は届いていた。大きな手を掴んでいる。

「千尋」

「……先生……？」

いや、赤枝のはずがない。赤枝はもう、千尋のことを千尋とは呼ばない。手など握るはずもない。

「ねむ、くて」

そうだ。眠くて眠くて仕方がない。もしかしたら、まだ夢の中にいるのかもしれない。

「薬がまだ効いてるんだろう。寝てろ」

「く、すり？」

「脳に異常はなかった。額は何針か縫ったが、それほど酷くない。身体の裂傷と打撲もきちんと治るそうだ。……運がよかったな」

　じわじわと、なにが起こったのか思い出す。

「保住、さんは、どうしたんですか？」

　もっと色々なことが訊きたいのに、口がうまく開かない。驚くほど舌ったらずな声だった。

赤枝の手に、力が籠もる。赤枝が触れてくれていることが嬉しくて千尋も手に力を入れようとしたが、指一本動かせなかった。

「家族が迎えに来て、病院に戻った。向こうの家族が、今回のことをどう処理するかはお前の回復を待ってから決めたいと言っていた。……治療費は全部持つ代わりに、できれば事故として収めてほしいと言っていたが」

「……それで、いいです」

　大げさにはしたくない。それに実際、あれは事故だった。そんなことが訊きたくて保住の名前を出したんじゃないと、言いはしなかったが伝わったのだろう。赤枝が分かっているとでも言うように頷く。

「落ち着いたら、もう一度きちんと話し合うつもりだ。……今度こそきちんと、終わらせる」

決意の込められた、強い口調だった。

するりと手が離れる。

「……帰るんですか」

「目覚めたことは看護師に伝えて行くから心配するな。必要なものも買い揃えてきてやる」

そんな心配はしていない。帰らないでくださいと、言いかけて止めた。

「……ごめんなさい」

「謝るな。お前は巻き込まれただけだ」

離れた手は、代わりに頭を撫でてくれた。優しく、丁寧に、いつかしてもらったように。眠気がどしんと重くなり、千尋の身体を覆い尽くす。

「……違うんです」

「うん？」

促す声が耳に心地よい。

「ずっと、言いたくて」

視界が霞む。それでも、これだけはと強張る口を懸命に動かした。

「苦しめて、ごめんなさい」

告げられた安堵が、眠気をさらに引き寄せた。意識が遠ざかっていく。赤枝がなにか言ったようだったが、聞き取ることはできなかった。

19

人生初めての入院生活は数日で幕を閉じた。もちろん通院はまだ必要だが、それも二週間ほどで終わるらしく、正直肩透かしを食らった気分だ。

「大倉くん、大丈夫そう？」

コートを着ているところに、看護師が病室に顔を出した。

「はい。あ、これ借りてた備品なんですけど」

「そのままベッドの上に置いといて大丈夫よ」

「もう退院なんだねぇ」

カーテンの間から、隣のベッドで寝ていた壮年の男が顔を出した。

「見舞いにきていた友達があんまり泣くから、ぼかぁてっきり不治の病《やまい》かと思ったよ」

あはは、と笑ったのは千尋ではなく看護師だ。

「不治の病どころか、本当は翌日に退院しても良かったのよ。怪我をさせてしまった相手方のご家族の希望で、色んな検査をしたからちょっと長引いただけで。ちゃんとお友達には説明した？」

「はい」

一昨日、深田が来た。深田は千尋と目が合うなり咽《むせ》び泣き始めた。こちらが気後《きおく》れするほど豪快な泣きっぷりだった。しばらくは看護師達の語り草になるかもしれない。

号泣する深田を宥めたのは、千尋ではなく深田と一緒にやってきた小柄な女性だ。診療や検査が重なっていたためゆっくり自己紹介し合うような時間はなかったが、話に聞いていた深田の彼女であることは、二人の遣り取りから明らかだった。クールな黒猫のような女性で、大型犬めいた深田とはお似合いだった。

「んじゃ、元気でな」

手を振って見送る男に頭を下げ、病室を後にする。一緒に廊下に出た看護師が、そういえば、と手を叩いた。

「下に迎えが来てたわよ。ほら、最初に付き添ってきてくれて色々と手続きしてくれた、えーっと、赤枝先生だっけ？」

「……本当に？」

「ちらっと見ただけだけど、確かにあの人だったわよ。あんなイケメン、見間違えないわ」

赤枝は何度か様子を見に来てくれた。が、千尋は直接顔を見ていない。赤枝が来るのはいつも、千尋が眠っている時や検査で留守にしている時だった。まるで狙っているかのように顔を合わせることはなく、気配だけが残っていた。着替えやタオルなど、入院に必要なものを揃えてくれたのは赤枝だったが、それもいつの間にかチェストの上に置かれていただけだ。

「あの、お世話になりました」

「いいえ。まだ治りきってないんだから、無茶はしないのよ」

手を振る看護師に頭を下げ、背を向ける。

緊張していた。看護師が嘘を吐くとは思えない。だとしたら、赤枝はなぜ迎えに来たのだろう。責任を感じているのだろうか。それとも入院に掛かった諸々《もろもろ》の費用に関しての話でもするつもりだろうか。どちらの可能性も大きい。

エスカレーターの下には、広いエントランスがある。自動ドアの横に立つ赤枝の姿を見つけ、千尋は唾を飲み込む。赤枝もすぐこちらに気が付いたようだった。真っ直ぐ見つめてくる視線に耐えられず、俯きながら近づいていく。

なにをどう言うべきだろうか。迷っているうちに、目の前までやってきてしまった。

「退院、おめでとう」

「あ、ありがとうございます。色々とお手数をおかけして……、買って来てもらったものの清算とか、手続きの話とか、」

「千尋」

「あ、はい。……え、え？」

今、千尋と呼んだだろうか。

「この後、予定は？」

「あ、ありません、けど」

「ついて来い」

赤枝は千尋の持っていた荷物を奪い、すたすたと病院を出て行ってしまう。呆然と立ち竦んでいた千尋が慌てて追いかけてエントランス前で追いつくと、タクシーを止めて乗り込んでいた。

「お前も早く乗れ」

命じられるままに千尋も後部座席に並ぶ。

「身体はどうだ」

「だ、大丈夫です。思いっきり動かすのはまだ無理ですけど、日常生活に支障はないです」

「……そうか」

赤枝はそれ以降、黙ったまま流れていく窓の外を眺めていた。空は白く寒々しい。

どこへ行くのか。聞こうとしては、言葉を飲み込む。

沈黙の重さに押し潰されそうになった頃、車が停まった。そこは、よく知る繁華街の一角だ。

赤枝は代金を払って、タクシーを降りる。千尋の荷物も忘れない。まるで質として取り上げられているようだ。諾々と従って辿り着いた場所に、千尋は大いに戸惑った。

雰囲気のある木製の扉。『三日月』と書かれたモダンな看板。

「あの、先生？」

千尋の戸惑いを気にすることもなく、赤枝は「ＣＬＯＳＥＤ」のプレートが垂れ下がった扉を押し開ける。鍵はかかっておらず、来客を告げるドアベルが鳴った。

「ああ、壮介。待ってたよ」

奥から出てきたのは佐々木だった。赤枝の後ろに立つ千尋に、にこりと笑う。

「やぁ、久しぶり」

「お、お久しぶりです」

本当に久しぶりだ。この店を最後に訪れたのは、もう二ヵ月以上前になる。

「俺もいるから、俺も！」

佐々木の後ろからひょこりと現れたのは紡だった。

「なんでお前がいるんだ」

「佐々木さんから二人が来るって聞いたから」

赤枝に答えると、紡は千尋に向き直る。

「なんか、色々大変だったらしいな」

「いや、その」

紡とは、メールを無視してしまってからなんの連絡も取っていない。しかし紡はなにも気にしていないような顔でにこりと笑った。

「またゆっくり飲もう。その時は、壮介じゃなくて俺が奢る。たまにはいいだろ?」

な、と紡が赤枝を肘で突く。赤枝が答える前に、佐々木が紡を引っ張った。

「じゃあ壮介、俺は四時には開店準備に戻って来るからな」

そう言い残して、店を出て行く。入れ替わるようにして、赤枝は店の中に踏み込んだ。

「えっと、なんでここに?」

中二階へと上がる赤枝の後を追いかけながら、やっと疑問を口にする。

「他にゆっくり話せる場所を思いつかなかった。平日の研究室はいつ学生が訪ねてくるか分からないし、いきなり俺の家に連れて行くのもおかしいだろう」

店の中は暖房が効いていて暖かい。赤枝が荷物を樽テーブルの上に置いてコートも放り出す。千尋も倣《なら》ってコートを脱ぎ、赤枝とは別のテーブルに置いた。

「話って、なんですか?」

「これからについて、お前の父親と話をつけた」

「……父さん?」

前置きなく切り出された話題に、頭が付いていかない。

「お前達は、離れて暮らした方がいい。これは、お前の父親の希望でもある。一度距離を置いて、冷静になりたいと」

聞きたいことは山ほどあるはずなのに、質問が纏まらない。千尋の入院中になにがあったのか、どうして父親と千尋の間に赤枝が入るのか、千尋のことよりも保住とは話がついたのか、そもそもこんな風に対峙することを不快に思っていないのか。

　多すぎる疑問はぐちゃぐちゃに混ざり合ってしまう。

「よく、分からないんですけど」

　目頭が熱くなった。

「父さんは、もう俺と暮らしたくないんですか」

　間髪容れず、「そうじゃない」と赤枝が首を振った。

「お前の父親は、お前とやり直したいと思っている。離れるのは、そのための一歩だ」

「……本当ですか」

「本当だ。お前が病院に運ばれたと聞いて、青ざめていた。俺と一緒に病室にも行った。病院で」

　赤枝は、僅かに逡巡した。

「眠るお前を前に、泣いていた」

「泣くって、父さんが？」

　想像できないと言おうとして、やめた。夢を思い出したからだ。身体を丸めて一人で泣いていた父親の夢を。

「真っ当な人間になるまでお前に合わせる顔がないと言って、俺に頭を下げた。後のことを頼みたいと。俺は、引き受けた」

「……すみません」

「どうして謝る」

「だって、」

赤枝は千尋を押し付けられてしまった。優しい赤枝のことだ。状況や事情を知ってるせいで、嫌でも断ることができなかったのだろう。謝らずにはいられない。

「お前が一人で暮らすための手助けは、全部俺がする。賃貸を借りるなら俺が保証人になってやる。金がないなら必要なものは揃えてやる」

「そこまでしてもらう訳には」

千尋の言葉を無視して、赤枝が「だが」と続けた。

「お前さえいいなら、俺の部屋に戻ってこい」

「…………え？」

聞き間違いだろうか。聞き間違いだ。だって、赤枝がそんなことを言うはずがない。

「俺のことが、ずっと好きだったと言ったな」

「え？　は、はい」

「今もか」

認めていいのか、赤枝を不快にさせないだろうかと逡巡し、しかし真っ直ぐな瞳に抗うことができずに、小さく頷いた。

「そうか」

赤枝が顰めていた眉間を緩め、ふっと息を吐く。まるで安堵したように見えた。

「だったら、戻って来い」

息を呑む。喉の奥がヒリヒリした。

「でも、だって、……なんで」

声が震える。声だけではない、身体が震えていた。

か弱い千尋の問いかけに対して、赤枝がはっきりと答える。

「俺も、お前が好きだからだ」

夢だろうか。また、夢をみているのだろうか。だとしたら、なんて残酷な夢なのか。

千尋は咄嗟に自分の左手を確認する。けれど、そこにはなにもなかった。

「もしかして、俺が怪我したことに、責任を感じてるんですか？」

「感じないはずがないだろう。巻き込んで、……すまなかった」

心臓が痺れるように痛む。

「俺が、勝手にやったことです。保住さんに声を掛けたのは俺だし、あの場所に連れて行ったのでも俺で」

赤枝は面倒見がいい。責任感も人一倍強いのだろう。しかしそれは、長所であり短所でもあるのかもしれない。殊、今のような状況に置いては。

「せ、責任感で、……好きだなんて言わないでください」

苦しい。近づくなと拒絶された時より、父親に殴られた時よりずっと、胸が痛い。一番ひどい嘘だ。

「千尋」

また、千尋と呼ぶ。初めて呼ばれた時、嬉しくて堪らなかった。けれど、今はやめてくれと叫びだしたくなる。

両手で耳を塞ぐ。もう、なにも聞きたくない。

「確かに俺は責任を感じているが、それとこれとは話が別だ」

赤枝は、千尋の両手をそっと耳から剥ぎ取った。手はそのまま握り込まれてしまう。

「俺は聖人君子《せいじんくんし》じゃない。求められたからって与えられるような博愛精神も持ち合わせていない。お前のしたことには腹が立った。今でも許せない」

ごめんなさいと、頭を下げる前に赤枝が続ける。

「お前が出て行ってから俺は、ずっとお前のことを考えていた。四六時中、お前のことばかり。二度と顔も見たくないと思うと同時に、そばにいないと腹立たしくも感じて、お前のことを好きなのか嫌いなのか分からなくなった。混乱した俺は、お前に抱いた嫌悪感、独占欲、愛情。記憶を一つ一つ遡って、精査していった。最後に辿り着いたのは、なんだと思う?」

分からないと、千尋は首を振った。本当に分からなかった。知ることを怖いとも思ったが、耳を塞ぐ手は掴まれてしまっている。

「庇護欲だ」

赤枝の手に、ぐっと力が籠もる。

「初めてお前に会った時、なんて意地っ張りなヤツだと呆れた」

夏の日差しを思い出して足元が覚束なくなるが、赤枝が支えてくれたおかげでよろめくことはなかった。

「警戒心の塊みたいに全身の毛を逆立てて、薬のせいで気を失うように眠っただろう」

あの時の赤枝は、千尋にとってお節介で面倒で、苛立つ相手だった。

「丸まって眠るお前を見ていたら、妙に甘やかしてやりたくなった」

甘えろと言われたあの瞬間、泣きたくなった。よく覚えている。

「あれだけ手を借りたことを嫌そうにしたくせに、お前は次の週から俺の講義に顔を出すようになった。……可愛いやつだと、思ったんだ」

「……え」

「お前は、俺にとって最初から気になる学生だった。だから、見かければ声を掛けた。この店で鉢合わせた時も、一言注意すれば済む話だったんだ。俺は、そうしなかった」

呼び出されて渡された連絡先。あのメモは今でも大事に取ってある。

「お前がこの手の店に用のある人間かもしれないと思った時、俺は、……ほんの僅かだが」

赤枝は微かに言い渋る。

「……喜んだ」

言葉に反して表情は硬い。まるで、罪を告白しているような顔だった。

「指輪の件がなければ、それで終わりだっただろう。俺は恋愛するつもりはなかったし、ましてや学生に手を出す気なんてさらさらなかった。それでも、……惹かれてなかったと言えば、恐らく嘘なんだ」

本当に夢ではないのだろうか。

「お前の家に行った時、あの場からお前を連れ去りたいと思った。関係ないと言われて、腹が立った」

赤枝の瞳を見つめても、そこには真摯《しんし》さ以外なにも見当たらない。

「お前の育った環境を考えれば、やったことに情状酌量《じょうじょうしゃくりょう》の余地は感じる。だからと言って、俺がお前を許せるかと問われれば、頷くことはできない」

「じゃあ、……なんで」

「苦しめてごめんなさいと、言っただろう」

言った。いつ言ったのか覚えていないが。怪我をして気を失う前だっただろうか、それとも病院で意識が戻った時だっただろうか。とにかく、ずっと伝えたかったことを口にできた安堵感だけは覚えている。

「俺はお前に謝らせてばかりだ。お前が謝る度に俺は、苛立ちに似た痛みを感じていた。あの時、その理由をやっと理解した。……俺はお前を許せない。許せないが、」

赤枝が眦を下げる。優しい表情に、泣き出したくなった。

「愛している」

愛している。

その一言を、どれだけ欲していただろう。途方もなく長い間、ひたすらに求めていた。何度も諦めて、何度も見ないふりをしようとして、失敗し続けた。

「ほ、本当、ですか？　責任感とか、同情とか、そういうのじゃなくて、……俺を……？」

「責任感も同情も、ないとは言わない。だが、それだけで愛してるなんてことは、口が裂けても言わない」

赤枝が、傷だらけの身体をそっと抱き締める。心ごと抱きしめられているような気がして、千尋は唇を噛み締めた。そうしていないと、嗚咽が漏れてしまいそうだった。

「今度こそ大事にしたい。それが、俺の答えだ」

「お、俺、一緒に、いて、いいですか？」

嘘みたいだ。視界を掠める左手に、もう指輪は光っていない。

赤枝の腕に力が籠もる。僅かに肩が痛んだが、千尋は構わずに赤枝の背を思い切り抱き返した。

「先生、の、そばに、いても、いい……っ？」

「ああ。ここにいろ」

優しい声が耳朶を打つ。

「愛している」

千尋はまるで幼子のように、声を上げて泣いた。

それから

千尋《ちひろ》が纏めた段ボールを壁に立て掛けて、ふう、と息を吐いた。

「これで、全部ですね」

そうだな、と赤枝《あかえ》は頷《うなず》いて返す。二人の前には、埃《ほこり》一つとして落ちていないモデルルームのようなリビングが広がっている。空気を入れ替えるために開け放たれた窓からは、春の風が吹き込んできていた。

「ここからでも、桜、見えますかね？」

「桜？」

「前の家からそんなに遠くないし」

千尋がベランダへと歩み寄る。赤枝も倣《なら》うようにしてベランダに出て、外を眺めた。

この辺りは都市開発が進んでいる真っ最中で、新しいビルが日々競うようにして建っていく。以前住んでいたマンションは、他の建物に紛れてしまって分からなかった。同じく、マンション横に流れていた川も川辺に並んでいた桜の木も、ちらりとも見えない。

千尋と共に暮らすにあたって、最初に考えたのが引っ越しだった。理由は二つある。

一つは単純で、千尋との関係を新しい場所で仕切り直したかったからだ。

二つ目の理由は、前のマンションが単身者用の１ＬＤＫだったことだ。長く一緒にいるつもりであればあるほど、プライベートな空間はあって然《しか》るべきだ。――というのは建前で、干渉癖のある自分から、千尋を守ってやりたいというのが本音だった。千尋が赤枝の目から離れて一人になりたいと感じた時、自分の部屋があるとないとでは精神的な負担が違うはずだ。

実のところ、引っ越し先は千尋の入院中に目途《めど》をつけていた。保証人になってやるだの金を貸してやるだのと言っておきながら、本音は、多少強引な理由をでっち上げてでも一緒に暮らすつもりだったのだ。

「やっぱり見えませんね」

残念そうに、千尋が呟く。

「明日、深田《ふかだ》達と花見に行くんだろう?」

「……そうですけど。先生と」

見たかったんです、と千尋は最後まで口にしなかった。甘え下手《べた》な千尋らしい。髪をそっと撫《な》でる。

「今度の休みに、見に行くか」

千尋は「本当ですか」と赤枝を見上げた。瞳《ひとみ》に躊躇《ためら》いが浮かんでいる。迷惑ではないか、図りかねているのだろう。

「俺が行きたいんだ。付き合え」

ふわりと、千尋の表情が緩む。同時に、赤枝も安堵《あんど》していた。こんなにも穏やかな気持ちで人を愛せるようになった自分に。

髪を撫で続けながら触れるだけのキスをすると、千尋は困ったような顔で擽《くすぐ》ったそうに笑った。

大倉《おおくら》千尋は、最初から特別な学生だった。

第一印象は、傷だらけの野良猫《のらねこ》だった。毛を逆立てて周囲を威嚇《いかく》している様子を微笑《ほほえ》ましくも気の毒に感じて、無理やり手を伸ばした。去り際までずっと迷惑そうだった野良猫は、しかし翌週、赤枝の授業に顔を出した。ずらりと並ぶ学生達の中に彼の姿を見つけた時の気持ちを、なんと言い表せばいいのか分からない。驚きが七割、喜びが二割、残りの一割は優越感に似ていた。

名前が知りたくて、突発的に小テストを行った。職権乱用も甚《はなは》だしい。

法学部一年、大倉千尋。

几帳面《きちょうめん》な文字で書かれた名前を、研究室で何度も読み返した。不思議な高揚感《こうようかん》が胸に宿っていた。野良猫に懐かれたことが嬉しかったのかもしれない。

それからというもの、千尋が視界に入ると気にせずにはいられなくなった。気を抜くことのできる場所はあるのか、気を許せる友人はいるのか、そんなことばかりが気になっていた。まさか親心にも似た好意が恋心に発展するなどとは微塵《みじん》も考えていなかったし、あのままの生活が続いていれば、赤枝と千尋の関係は、通り掛かりと野良猫の域を出なかっただろう。

銀色に輝く奇妙な指輪。少し思い出すだけでも首筋に寒気を感じる。己に宿る燃え盛るような感情が他人に強制されたものだと知った時、身の毛がよだち吐き気に襲われた。あの時の恐怖と嫌悪は、きっと誰にも理解してもらえない。おそらく、千尋にも。

それでも赤枝は、千尋と共にいることを決めた。後悔は欠片《かけら》もない。

引っ越し作業の疲れはあったものの、残っていた仕事から目を逸《そ》らすことができなかった。少し片付けてから寝ようと決めて椅子《いす》に座ってから、気が付くと二時間も経《た》っていた。日付が変わりかけている。横にあるベッドに移り、寝転がる。

寝室にデスクを設置したのは初めてだが、これはなかなか便利だ。疲れたらベッドに直行できる。

ベッドの感触は久しぶりだった。千尋が退院してからこちら寝室は千尋に譲り、赤枝はソファで寝ていたからだ。千尋は自分がソファで寝ると食い下がったが、怪我《けが》を理由に譲らなかった。怪我が治った後もそのまま押し切った。

二人寝転がっても余裕のあるベッドを一人で使わせたのは、共に眠ることに躊躇いがあったからだ。普段は涼しい顔をしているが、自分が存外即物的な男であることを赤枝は自覚している。そもそも、大抵の男は即物的だ。好きな相手が隣で眠っていれば触れたくなるのは必然だった。触れたところで、千尋は嫌がらないだろう。しかし、恐怖は感じるかもしれない。

一度だけ、千尋に強姦紛《ごうかんまが》いのことをした。いや、あれは強姦だった。千尋の意志をまるで無視して、強引に身体《からだ》を繋《つな》げたのだ。あの時のことが千尋の傷になってはいやしないか、赤枝には気懸かりだった。

本来ならば、一度きちんと謝罪するべきなのだ。しかし、千尋はあの頃のことをあまり話したがらない。自責と後悔が深いのだろう。傷を癒《いや》そうとしてさらに傷口を深く抉《えぐ》ってしまう恐れがある可能性を考えると、迂闊《うかつ》にかつての話を引っ張り出すことはできない。赤枝にできるのは、せいぜいが千尋の反応を注意深く窺《うかが》うことだけだ。キスは、嫌がられていない。頭に触れられることも。

もどかしい。けれど、千尋との関係に時間を惜しむつもりはない。大切にしたいのだ。今度こそ、嘘偽りなく、自分の意思で。

眠気の気配は微かにもなく、身体を起こす。デスクの端に置かれた真新しい文庫本と、その横に並ぶ小さな紙袋が一つ目に入った。

文庫本は千尋がくれたものだ。再び一緒に暮らすようになってからすぐに読み古した同じタイトルを渡されたが、そちらは引っ越し準備の際に捨てた。千尋には言っていないが、あれは保住《ほずみ》に貰ったものだった。

千尋の退院後、保住とは一度だけ顔を合わせている。医者と弁護士の立ち会いの下《もと》で、これまでのこと、そしてこれからのことを話し合った。保住は怒ることも涙することもなく、与えられた書類に判をついた。赤枝にも千尋にも近づかないという誓約書だった。終始俯《うつむ》いたまま、一度もこちらの顔を見なかった。

保住との話し合いの帰りに一ヶ所だけ寄り道をした。紙袋の中身は、その時に購入したものだ。千尋に渡すために買ったものだが、うまくタイミングを計れないでいる。

自分はこんなに不器用な男だっただろうか。思わず苦笑が漏《も》れた、その時、

「……先生？」

控えめなノックの音が響く。扉を開けると、スウェット姿の千尋が立っていた。

「あの、えっと、……起こしましたか」

「いや起きていた。どうした？」

「先生、あの」

千尋は一度俯き、すぐに顔を上げた。顔中に緊張が広がっている。

「俺と、寝てくれませんか」

一瞬、頭の中を見透かされたのかと絶句した。

「引越しが終わったら言おうと思ってたんです。じゃないと、もしかしたらずっと別々に寝ることになるかもしれないから。だから、つまり、その、寝るっていうのは」

懸命に言葉を紡ぎ続ける千尋の唇をそっと掌《てのひら》で塞《ふさ》ぐ。

「いや、言わなくていい」

分かっているからと言うと、千尋は瞬《まばた》きを繰り返してから顔を赤く染めて頷いた。

「いいのか」

「……先生が、嫌じゃなければ」

「嫌なわけないだろう。俺は、お前がまだ怖がるかもしれないと」

「怖がるって、……先生を怖いと思ったことはありません。一度も」

赤枝は衝動的に腕を伸ばし、千尋を引き寄せた。華奢《きゃしゃ》な身体を抱き締める。シャンプーの香りが鼻を擽る。

部屋を訪ねてくるのに、勇気を振り絞ったに違いない。赤枝が仕事を片付けている間に、何度ノックを躊躇ったのだろうか。愛《いと》おしさで、胸が潰れそうだ。

ベッドに座る千尋は、見るからに緊張していた。オレンジ色の間接照明に照らされる戸惑い混じりの顔が、妙に艶《なま》めかしい。

「俺、相変わらずこういうのよく分からなくて、うまく誘えないんですけど」

千尋が落ち着かない様子できょろきょろと視線をさ迷わせる。

「当たり前だ」

離れていた短期間の間に覚えられていたら、恐らく自分は嫉妬《しっと》に狂うだろう。

千尋の無意識の行動が、表情が、発言が、どうしようもないほどに赤枝の劣情《れつじょう》を誘う。これ以上、なにか覚えられたりしたら、たまったものではない。

額にキスをする。髪を撫でてやると、千尋の身体から微かに強張《こわば》りが取れた。互いに服を脱がせ合い、すっきりとしたしなやかな肢体に指を這《は》わせる。千尋は唇を噛《か》んで恥ずかしそうにしたが、同じように赤枝の胸元に触れた。キスをして舌を絡ませると、やはり同じようにして応える。

意志を確かめ合うように、ゆっくりとお互いの中を晒《さら》していく。下肢を露《あら》わにする頃には、二人とも身体に充分なほどの熱を宿していた。性急だと分かっていても、止まらない。三ケ月分の我慢が響いているようだ。

横たわる千尋に覆い被さるようにして、屹立《きつりつ》を擦《こす》り合わせる。一緒にして握ると、どちらのものともつかない先走りで手が濡れた。

「ん、んぁ」

濡れた唇から甘い声が上がる。千尋の声が響くたび、赤枝の頭の中は欲望に染まる。挿《い》れたい、突きたい、掻《か》き回したい。それればかりだ。

「せ、んせ」

嬌声《きょうせい》の合間に、千尋が赤枝の背を抱き締める。

「……そう、すけさん」

そっと呼ばれた名前に、手の中の熱が一層熱くなった。

「壮介さん、俺、俺、変なんです」

「なんだ」

「は、早くって、それ、ばっかり」

　頭の中を欲望で染めていたのは、自分ばかりではなかったらしい。しかし、繋がろうにも潤《じゅん》滑剤《かつざい》となるものがない。以前無理やり身体を繋げた時と同じようなことをするのは憚《はばか》られる。二人分の先走りで指は濡れていたが、それだけでは足りない。

「後ろを向けるか」

「えっ」

「大丈夫だ。お前の嫌がるようなことはしない」

　千尋はこくりと唾《つば》を飲み、うつ伏せになった。腰を抱き、膝を立てさせる。

「そ、壮介さん⁉」

　明らかに狼狽《ろうばい》して、千尋が振り返る。

「こ、これって」

「濡らすものがないからな」

「な、ないから？」

「舐《な》めるんだ」

「な……っ」

「嫌か」

赤枝は双丘を割り、窄《すぼ》まりにそっと舌を伸ばした。

内腿《うちもも》がふるふると震えている。屹立に萎《な》える様子はなく、不快に感じてはないようだ。

「い、嫌っていうか、は、恥ずかしくて」

「んっ」

舌の触れた部分が蠢《うごめ》く。初めて千尋と同じベッドで寝た日、性器を咥《くわ》えようとして「正気じゃない」と半泣きで訴えられたことを思い出した。今も千尋は同じように感じているだろうか。それとも、拒絶しないことを都合よく受け取ってもいいだろうか。

会陰を舐め上げる。張り詰めた千尋の屹立からぽたりと先走りが零《こぼ》れ、シーツに染みを作った。

窄まりの中心に、そっと舌を差し込む。

「あ、ん、んんっ」

抱えている腰がびくりと大きく震えた。舌を抜き差しする度に足に力が入ってしまうようで、内腿の震えが大きくなる。

「も、もう、……んっ、ぬ、濡れ、ました、か……っ？」

切れ切れの声が可哀想で、赤枝は舌を離す。穴はぬらぬらと濡れ、誘うようにひくついていた。舌の代わりに、今度は指を当てがう。一本目はするりと飲み込まれたが、二本目は少しきつかった。

戦慄《わなな》く背にキスを落としながら中を探る。千尋の感じる場所はよく知っている。的確に突いた指に反応して、千尋が嬌声を上げた。その事実に微かな苛立ちを覚えて、赤枝は自嘲《じちょう》の笑みを浮かべる。過去の自分にまで嫉妬するなんて、全くなんて欲深いのだろう。

千尋は枕に顔を埋めて、懸命に声を殺している。

「大丈夫か?」

髪を優しく掻き分けると、枕に埋まった顔がこくこくと上下する。

「も、いい、です」

「うん?」

「はやく、い、挿れ、てくださ、い」

半分ほど枕に埋《うず》もれた耳は、真っ赤だった。

「もう少しだ」

千尋が甘い声を上げて身体を戦慄かせるたびに、赤枝の身体も昂《たかぶ》っていく。本能のままに振る舞ったならば、今すぐにでも緩みかけの窄まりに自分の熱を押し入れていただろう。

千尋には、僅《わず》かな苦痛も与えたくない。快楽だけを感じさせたい。

「あ、あ、……ふっ」

千尋の中は熱くうねっている。三本目の指を飲み込む頃には、窄まりはすっかり柔らかくなっていた。

「も、もう、いいです、よね……？」

「ああ」

ゆっくりと指を引き抜く。腰をひくりと震わせた千尋は真っ赤になった顔を上げて、赤枝と向き直った。

「こっちの方が、いいです」

千尋が、赤枝の肩に顔を押し付ける。

「苦しいかもしれない」

「いいんです。苦しくても、こうやって向かい合ってる方が」

ぎゅっと両手で首に抱き付かれると、身体の奥底から嵐のような激しい衝動が湧き起こった。強引に押し倒して腰を押し付けたい。喉が嗄《か》れるまで喘《あえ》がせてしまいたい。

赤枝は奥歯を強く噛み締める。優しく、丁寧に。それ以外は考えるなと自戒《じかい》して、自分にしがみ付く身体をそっと横たえた。

「少しでも痛かったら、すぐに言え」

こくこくと頷く千尋の膝を割る。屹立は先走りでどろどろで、茂《しげ》みまで濡れそぼっていた。千尋は羞恥《しゅうち》で真っ赤に染まった顔を横に背けて、目を瞑《つむ》っている。硬く閉じた目にキスをして、窄まりに滾《たぎ》った自身の先端を押し付ける。

「んっ」

「大丈夫だ。強引にはしない」

「ご、いんでも、いい、です」

赤枝は思わず苦笑した。どうしてこのタイミングで、こちらの理性を焼き切るようなことを言ってしまうのか。頭の奥が熱い。それでもできるだけ静かに、腰を押し進める。

身体の力を抜こうと呼吸を繰り返す千尋が薄く目を開いて、シーツを握りしめていた指を開いた。代わりに赤枝の手を引き寄せ、指を絡ませる。指先に甘えるように唇を当てられると、堪《たま》らなかった。

額に、耳朶《じだ》に、唇に。何度もキスを落とし、徐々に千尋の内側を貫いていく。やがて最奥を突いた時、千尋の背が大きく撓《しな》った。

「んぁっ」

大きく開かれた目には、涙が溜まっていた。目尻をそっと拭《ぬぐ》ってやると、潤んだ瞳が赤枝を見上げる。

「ぜ、んぶ、入りました、か？」

「ああ」

千尋の表情がふにゃりと緩む。

「よか、った」

再び、目に涙が溢れる。

「……つらいか？」

快楽に脳が痺《しび》れているが、かろうじて腰を動かすことには耐えた。

「ちが、……んっ、です。俺の身体、壮介さんに、作り変えられてくみたいで。……んっ」

千尋が小さく喘いだのは、中で赤枝の昂りがさらに膨らんだからだろう。

本人にとんでもないことを言っている自覚は、なさそうだった。

「怖いか」

千尋は小さく首を振る。

「嬉しいです。生まれ変わる、みたいで」

目尻に涙を溜めながら笑う顔は、眩《まぶ》しいほどに綺麗《きれい》だった。

唇を重ね合う。ゆらりと腰を揺らすと、千尋が重ねた唇の隙間《すきま》から嬌声を漏らした。頭の中はもうすっかり熱と快楽で麻痺《まひ》していたが、胸は愛おしさで溢れている。

二人は互いに互いを高め合いながら、長い夜の中へと沈んでいった。


遠くで電子音が鳴っている。うるさい、と呻《うめ》いて顔を上げる。

横で寝息を立てる存在に気が付き、赤枝はサイドボードの上で音を立てる携帯電話を素早《すばや》く手に取った。アラームを切って、ふっと息を吐く。布団の中に横たわっていた身体が身じろいだ。

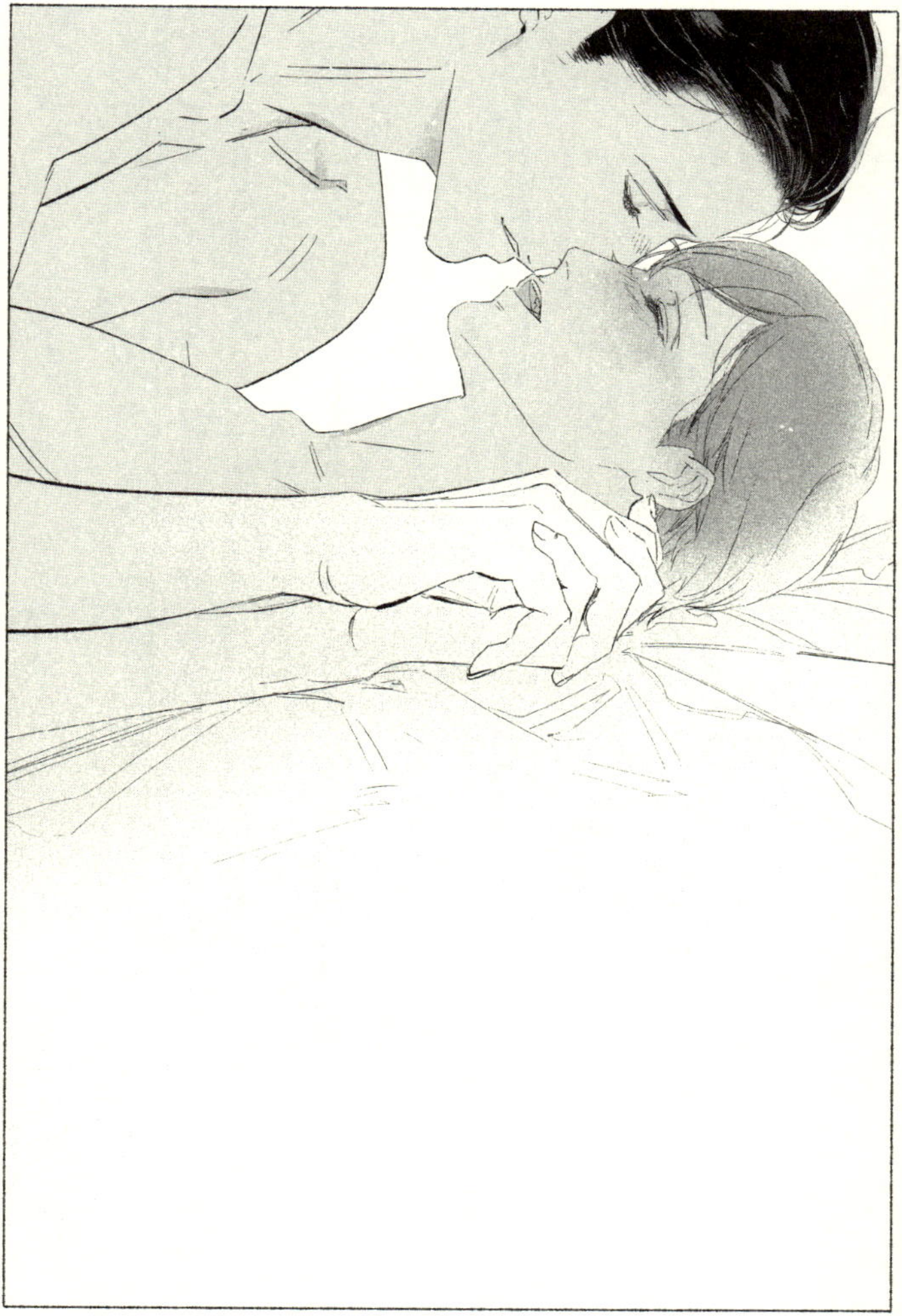

「ん。……壮介さん？」

「悪い。起こしたか」

「大丈夫です」

千尋が起き上がる。白い身体には昨晩の情交の痕《あと》が残っていた。叶《かな》うことなら、点々と赤い痕を残す身体を抱きかかえて、再び眠りたい。いや、いっそ淫《みだ》らな痕を増やしてしまいたい。しかし、今はそれより優先すべきことがある。

ベッドから立ち上がり、放り出してあったスラックスを身に付ける。千尋の肩にはシャツを掛けた。

カーテンを捲《めく》って窓を開け、空気を入れ替える。よく晴れた空だ。今日は温かくなるだろう。デスクの上の紙袋を手にして、寝ぼけ眼《まなこ》を擦る千尋の前へと戻る。ベッドに腰掛け、紙袋から小箱を取り出した。

「なんですか、これ」

女性なら一目見ただけでピンとくるであろう小箱を見ても、千尋は首を傾げている。赤枝はそっと小箱を開けた。

千尋が息を飲む。眠気が一気に吹き飛んだ顔をしている。

小箱の中に輝くのは、白金のリングだ。

「これ」

「お前に」

プラチナにしたのは、以前の指輪よりも良いものをと思ったからだ。ゴールドでもよかったが、千尋の華奢な指には控えめな色がよく似合う。

千尋の左手を優しく取る。震える指先にそっとリングを通す。もちろん、薬指だ。

「これは魔法の指輪じゃない。ただの証《あかし》だ」

「……証？」

「俺がお前を愛している証だ」

千尋が唇を噛む。赤枝は白くなった唇を撫で、そのまま口付けた。

窓から風がそよいでカーテンを揺らす。

ただ幸せだけの溢れる、気持ちのよい朝だった。

■あとがき■

学生の頃、所属していた考古学研究会の部長に命じられて、無理やり文化祭実行委員に放り込まれました。渉外《しょうがい》という一見なにをするのか不明な部に配属され、慣れないスーツに身を包んでパンフレットに広告を出してくれる会社を渡り歩きました。渉外の仕事はそれだけだったので、終わった後は他の部の手伝いに回されていました。千尋《ちひろ》のように舞台の設営を手伝ったりもしましたし、文化祭の当日は再びスーツを引っ張り出して来賓の方をご案内したりもしました。当時は面倒にしか感じなかったのですが、振り返ってみると楽しかったのかもしれない……などと、絵に描いたように思い出を美化しています。

自分の経験を生かそうと思って千尋に実行委員の手伝いをさせたのではなく、千尋がパイプを運ぶ様を書きながら前述のことを思い出したのですが、脳内のどこかに強く残っていて無意識に文化祭の時期の話にしたのかもしれません。そういうことは、きっと沢山あるのだと思います。なんでも経験しておくことは大切ですね。

千尋は、怪我をしたり風邪を引いたり空腹で行き倒れそうになったり、精神面でも色々と踏んだり蹴ったりだったので、この先は赤枝《あかえ》に散々甘やかされて健《すこ》やかな毎日を送ってほしいです。自作中、一位二位を争う健気《けなげ》な子だと思います。幸せになっておくれ。

気が付くと、二作続いて料理上手な攻めです。食べ物エピソードを入れるか迷ったのですが、きちっとしたシャツの袖を捲って料理する姿って素敵だなぁと入れてしまいました。性癖ダダ漏れです。笑

本書は既刊『神様の庭で廻る』と世界観を共有しています。こちらも先生×学生です。共通点の多い作品ですので、宜しければ手に取っていただけると嬉しいです。

最後になりましたが、イラストを担当してくださったｙｏｃｏ先生、担当さんを始めとする本書に関わってくださった方々、そして読者の皆様に心より感謝を申し上げます。

綾《あや》ちはる（@ayachiharu716）

初出
「サンドリヨンの指輪」「それから」書き下ろし

CHOCOLAT
BUNKO

この本を読んでのご意見、ご感想をお寄せ下さい。
作者への手紙もお待ちしております。

あて先
〒171-0014 東京都豊島区池袋2-41-6 第一シャンボールビル 7階
(株)心交社　ショコラ編集部

サンドリヨンの指輪

2017年7月20日　第1刷

著　者：綾ちはる
発行者：林 高弘
発行所：株式会社　心交社
〒171-0014 東京都豊島区池袋2-41-6
第一シャンボールビル 7階
(編集)03-3980-6337 (営業)03-3959-6169
http://www.chocolat_novels.com/
印刷所：図書印刷 株式会社